c o n t e n t s

Characters

風《かざ》間《ま》由《よし》人《ひと》

東京科学大学薬学部・分析科学研究室の准教授《じゅんきょうじゅ》。長身で誰もが納得する男前。大企業の御曹司《おんぞうし》でもある。分析フェチで、潤平の特殊能力に目をつけ「解明させてほしい」と付きまとう。

桜《さくら》庭《ば》潤《じゅん》平《ぺい》

童顔の二十六歳。特殊清掃専門の会社『まごころクリーニングサービス』でアルバイトをしているうちに、「死香」を食べ物の匂いとしてかぎ取るようになった。

曽《そ》根《ね》

警視庁刑事部・捜査一課・第一強行犯捜査・分析研究係。
冤罪《えんざい》をなくすため風間の研究に協力。彼の専任サポート係をしている。

羽《は》賀《が》 樹《いつき》

『まごころクリーニングサービス』で働く潤平の先輩。
見た目はヤンキーっぽいが、気配りのできる人。

月《つき》森《もり》征《せい》司《じ》

元医者。「死香」を花の香りとして感じ取る。
それに取り憑《つ》かれ、自ら患者を自殺に導いていた。

死香探偵

真心は捧げられた死と香る

第一話

運命が招く死は、安らぎの香を歪める

1

風間《かざま》道久《みちひさ》は社長室で一人、じっと目を閉じていた。室内には、ギュスターヴ・ホルストの組曲『惑星《わくせい》』が流れている。

七つの楽章のうち、第四楽章の『木星』が最も有名で、この曲を代表するパートになっているが、道久は第五楽章に位置する『土星』の方が好みだった。ゆったりした重厚なメロディーの根底に存在する、終局を想像させる不安定さ。道久はいつも、崩壊《ほうかい》した都市に差す曙光《しょこう》をイメージしながらこのパートを聴く。

どっぷりと音楽に浸《ひた》っていると、卓上の電話が鳴りだした。

音楽を止めて受話器を持ち上げる。電話の相手は秘書だった。

「ご休憩中《きゅうけいちゅう》、申し訳ございません。ただいま、倫《りん》様がお見えになったとの連絡《れんらく》がありました。社長との面会を希望されているのですが、いかがなさいますか」

道久は小さく息をついた。完全なる不意打ちの訪問だ。

娘の倫は常に自由気ままに生きている。気が向いた時に、行きたいところに行き、やりたいことをする。そういう生き方をしている。連絡なくこの社長室に現れたことも、これまでにも何度かあった。

「分かった。私の部屋に通してくれ」

そう伝えて、道久は受話器を置いた。追い返すという選択肢《せんたくし》は思い浮かばなかった。彼女を失望させたくない。実の娘でありながら、なぜかそんな風に感じてしまう。倫には、他者を服従させる天性の才能があると考えるほかない。

ソファーに掛けて待っていると、ノックもなしにドアが開いた。今日の倫は真っ白なワンピースに身を包んでいた。

完璧《かんぺき》に整ったその顔立ちを目にするたびに、幻想の世界に迷い込んだような感覚に陥《おちい》る。あまりに隙《すき》がなさすぎるのだ。倫は絵のモデルの仕事をしているが、天職に違いないと道久は考えていた。画家ならば誰《だれ》しも、この崇高《すうこう》な美を作品として表現したいと感じるはずだ。

「今日はどうしたんだ」と道久は声を掛けた。

「先日、由人《よしひと》と会ったそうですね」と倫は弟の名を口にした。

何のことだ、と白《しら》を切っても無駄だろう。倫は確かな情報に基づいてここにやってきたはずだ。下手《へた》にごまかせば、相手を呆《あき》れさせるだけだ。

道久は娘の視線《しせん》を受け止め、「ああ」と頷《うなず》いてみせた。

「由人の方からこちらに足を運んだそうですね。珍《めずら》しいことだわ。よほど大事な用件があったのでしょうね」と倫が目を細める。「何の話をされたのでしょう」

「私の口からは言えないな」

「では、当ててみましょうか」倫は微笑《ほほえ》み、道久の向かいのソファーに腰を下ろした。

「研究第一の生活を送っている由人が、わざわざここにやってきた。その理由は一つしかありません。あの子にとって、いま一番大事なものが絡《から》んでいるから――そう考えれば、自《おの》ずと答えは導《みちび》かれますわ。桜庭《さくらば》潤平《じゅんぺい》……彼に関する話でしょう」

やはり、すべてお見通しというわけか。道久は返事の代わりに沈黙《ちんもく》を選択した。

「お父様が二人にちょっかいを出したようですね？」と倫が足を組む。

道久はため息をついてみせた。

「……お前はいったいどこから情報を手に入れているんだ」

「私が求めているのではないのです」倫が静かに言う。「自然と噂《うわさ》が集まってくるのですわ」

「事情を把握《はあく》しているのであれば、わざわざ私に訊《き》くこともあるまい」

「残念《ざんねん》ながら、肝心《かんじん》な部分が分からないのです。由人と潤平を繋《つな》ぐ『何か』が存在していることは確信しています。それが何か知りたいのです。いかがでしょう。お父様はご存じなのではありませんか」

倫はそう言って、じっとこちらを見つめてきた。

いつからだろうか、と道久は自問した。いつから倫は、これほどまでに他人の心を巧《たく》みに操《あやつ》れるようになったのか。

思い返してみても答えは浮かんでこない。当たり前のことだった。道久は二人の子供の養育にほとんど関わってこなかった。ほとんど妻に任せっきりで、「金は出すが口は出さない」を貫《つらぬ》き通したからだ。

倫は自由に生きている。自分の子供ながら、倫のことが時々怖《こわ》くなる。それと同時に、羨《うらや》ましさを感じることもある。あんな風に自分の信念にだけ忠実に生きられたら、世界の見え方はまるで違うものになるだろう。

以前、倫が殺人容疑で逮捕《たいほ》されたことがあった。その連絡を受けた時、驚《おどろ》きを感じる一方で、「倫ならやりかねない」と道久は思った。それが正しいと判断したならば、倫は何の迷いもなく殺人をも決行する。そして微塵《みじん》も後悔《こうかい》することはない。倫はそういう人間だ。

耳の奥《おく》に、さっきまで聴いていた『土星』が蘇《よみがえ》る。

破壊《はかい》と希望。

そのイメージが次々に脳裏《のうり》に浮かんでは消えていく。

やはり、倫には抵抗できる気がしない。

道久は目を閉じ、軽く首を振《ふ》った。

……すまないな、由人。

心の中で息子《むすこ》に謝罪し、道久は倫と視線を合わせた。

2

「こちらは、本日のメインディッシュでございます」

渋《しぶ》い声の男性店員が、僕の前に丁寧《ていねい》に皿を置いてくれる。そこには、レアに焼き上げられたビーフステーキと、こんがりとキャラメリゼされたフォアグラが並んでいた。

「うわあ……すごいね、これ」

僕の隣に座っていた野々口《ののぐち》くんが感嘆の声を上げる。

彼はアルバイト先の同僚《どうりょう》で、歳《とし》も同じなので以前から親しくしている。春夏秋冬いつも丸刈《まるが》りという髪型を貫き通しており、特別な一品に目を輝《かがや》かせるその様子は、野球観戦のために初めて甲子園《こうしえん》球場にやってきた高校球児のようだった。

「ねえ桜庭くん。これ、フォアグラってやつだよね。初めて本物を見たよ」

「ああ、うん、たぶんそうだと思う」と僕は自分の皿に目を戻した。うん。間違いなくフォアグラだ。

「正直なところ、ここまで豪華《ごうか》な料理が出るとは思ってなかったんだ」

興奮《こうふん》しているのか、野々口くんは小声の方がよさそうなことを周りに聞こえかねないトーンで言った。

「やっぱりほら、晴れの場だから」と苦笑して、僕は辺りを見回した。

楕円形《だえんけい》のホールには十台ほどの丸テーブルが並んでおり、参加者たちは楽しそうに言葉を交わしている。フレンチレストランを貸し切っての結婚《けっこん》パーティーだが、スーツやドレスなどのフォーマルな格好《かっこう》をしている人は皆無《かいむ》だ。全員が、新郎新婦《しんろうしんぷ》の「できれば気楽な服装《ふくそう》で参加してほしい」という希望に応《こた》えたためだ。

ホテルなどで行われる結婚式ほど畏《かしこ》まった場ではないが、料理のレベルは高い。参加者を喜ばせたいという新郎新婦の心遣《こころづか》いが感じ取れる。

「フォアグラって、人によって好《す》き嫌《きら》いが分かれるっていうよね」

「そうだね。レバーだから」

ちなみにフォアグラは人工的に大量の餌《えさ》を与えて育てたガチョウやアヒルの肝臓《かんぞう》で、脂肪《しぼう》が大量に蓄《たくわ》えられている。

「とにかく食べてみるよ。じゃ、じゃあ、いただきます」

緊張《きんちょう》の面持《おもも》ちでフォアグラをカットし、フォークに載《の》せて口に運ぶ。それをゆっくりと咀嚼《そしゃく》し、「う……うまいっ」と野々口くんは呟《つぶや》いた。

「なんていうんだろう。甘《あま》みと苦みがあって、濃厚《のうこう》でまったりしてて、すごく栄養があるって感じが……うーん、的確に食レポできないけど、とにかく感動があるよ！　桜庭くんも食べなよ！」

「うん。じゃ、いただきます」

　野々口くんの視線を感じつつ、牛肉とフォアグラを一緒に食べる。

「どう？」

「すごいね。舌が喜んでるのが分かるよ。美味《おい》しいって概念《がいねん》をそのまま料理にしたんじゃないかってくらい、旨味《うまみ》が爆発《ばくはつ》してるね」

　僕のコメントに、「そうでしょ、そうでしょ」と野々口くんが嬉《うれ》しそうに頷く。

　その笑顔を見ていると胸が痛む。

　実は僕は、何度もフォアグラを食べたことがある。ついでに言えば、この牛肉よりもランクの高いステーキも何回か食べた。それらはどちらも絶品で、僕は今の野々口くんのように心の底から感激した。今日の料理は間違いなく美味しい。しかし、作ってくれた人には申し訳ないが、僕の記憶《きおく》にある「最も美味しい」には届いていない。たぶん、素材《そざい》に掛けるコストの差だろう。

　以前に食べたフォアグラやステーキを思い出すと、一緒に食事をしていた人の顔が自然と浮かんでくる。

　分不相応な料理を僕にごちそうしてくれた人の名前は、風間由人さんという。今、僕と最も関係の深い人物と言っていいだろう。彼は東京《とうきょう》科《か》学《がく》大学という私立大学の薬学部の准教授《じゅんきょうじゅ》で、分析《ぶんせき》科学を専門に研究活動を行っている。

風間さんと知り合って、もう一年半以上が経《た》った。彼の研究活動に協力したり、アルバイトの秘書として研究室で働いたり、諸事情あって彼の自宅《じたく》に住まわせてもらったり……僕たちの関係は、繋がりが深まる方へと変化してきた。

そして、これからも風間さんとの付き合いはずっと続くだろう。なぜなら、彼は僕のある特殊《とくしゅ》な体質に強い興味《きょうみ》を抱き、その謎《なぞ》を解《と》き明かすことを研究テーマに据《す》えているからだ。

その体質を簡単《かんたん》に説明すると、「死者の放つ匂《にお》いを、食べ物の香《かお》りと認識してしまう」ということになる。

どの食べ物になるかは、亡《な》くなった人の年齢《ねんれい》や性別、死因によって変化する。お菓子《かし》だったり野菜だったり乾物《かんぶつ》だったりと、その匂いは千差万別《せんさばんべつ》だ。なお、一般的には死臭は嫌な匂いと認識されるが、僕にとってはそうではないので、区別するために「死香《しこう》」と呼ぶことにしている。

死香を嗅《か》ぎ取る能力そのものは、普段の生活に大きな影響《えいきょう》を与えるものではない。ただ、この体質には極《きわ》めて厄介《やっかい》な副作用がある。それは、「特定の死香を嗅ぎすぎると、元の食材の香りがひどい悪臭《あくしゅう》に変わる」というものだ。例えば、コーヒーの死香を何度も嗅ぐと、コーヒー自体が腐敗臭《ふはいしゅう》に感じられるようになってしまうのだ。食材の匂い成分が変化しているわけではなく、僕の嗅覚《きゅうかく》の——つまりは脳の錯覚《さっかく》が原因らしい。そのため、自分の意思で副作用を抑えることは不可能だ。

死香を感知するメカニズムを解明すると共に、この副作用を克服《こくふく》する。それが僕と風間さんの共通目標になっている。

ステーキからの連想で風間さんとの記憶を振り返っていたところで、僕は気づいた。

今日、食事が始まってから一度も不快な思いをしていないことに。これは新郎の気配りのおかげだろう。

死香のことは周りの人には内緒にしており、「食べられないものが最近になって増えている」という風に伝えている。新郎はそれを覚えていて、僕が苦手だと伝えた食材を使わずにメニューを組み立ててくれたのだ。

じんわりと感動を噛《か》み締めていると、「よ、食べてるか」と声を掛けられた。

顔を上げると、濃いグレーのタキシードに身を包んだ男性が笑みを浮かべていた。羽《は》賀《が》樹《いつき》さん——彼が、この結婚パーティーの主役である新郎だ。ざっくばらんなパーティーということで、自ら卓を回って挨拶《あいさつ》しているようだ。

「最高に美味しいです、樹さん！」と野々口くんが力強く言う。

「そうだろ。嫁《よめ》さんと食べに来て、一発で気に入ってさ。結婚を決めてすぐに、ここでパーティーをやろうって話になったんだ」

樹さんはにこにこしながらそう教えてくれた。

出会った頃《ころ》の樹さんはツンツンした金髪で、目つきの悪さも相まって近寄りがたい気配を放っていたが、今は黒髪だし、整髪料で髪の先端《せんたん》を尖《とが》らせてもいないし、眼差《まなざ》しも柔《やわ》らかい。すっかり落ち着いたな、と思う。

変化のきっかけは、今日の花嫁さんとの出会いだったようだ。彼女やその両親にいい印象を持ってもらおうと、樹さんは少しずつ自分を変えていった。きっと、そうしたいと自然と思えるような、素敵な人なのだろう。

新郎新婦の席に目を向ける。花嫁さんの姿は見当たらない。

「あれ、お色直しですか？」

僕が尋《たず》ねると、「いや、ちょっと気分がな」と樹さんが気まずそうに頭を掻《か》く。「今は別室で休んでる。しばらくしたら戻ってくると思う」

「あー、やっぱり緊張しますよね。全員から注目されるわけですし」と野々口くんがしたり顔で言う。

「……そういうんじゃないんだよ」

樹さんが視線を逸《そ》らして言葉を濁《にご》す。それでピンと来た。

「ひょっとして……」

僕が自分のお腹《なか》に手を当ててみせると、樹さんは照《て》れ臭そうに笑った。

「ま、そういうことだ」

「え？　え？　どういうこと？」

困惑《こんわく》する野々口くんに、「お腹に子供がいるってことだよ」と僕は耳打ちした。

「えーっ！」と野々口くんが大げさにのけぞる。「二重にめでたいじゃないですか！　この場で大々的に発表した方がいいですよ！」

「別に隠してるわけじゃないけど、まだ安定期に入ってないからな。今日はやめとこうって決めたんだ。まだ腹は目立ってないし、言わなきゃ気づかないだろ」

「はあ、そういうものですか。デリケートな話題ってことなんですね」

そういうことだ、と頷き、樹さんが僕の肩に手を置いた。

「潤平。ちょっといいか」

「あ、はい」

彼に促《うなが》され、僕は会場の隅《すみ》へと向かった。使っていない椅子《いす》が壁《かべ》沿《ぞ》いに並べられていたので、樹さんと共にそこに腰を下ろす。

「ありがとうな、来てくれて」

「それは当然来ますよ。お世話になっている先輩の招待なんですから」

「でも、肩身が狭《せま》いだろ。会社繋がりの知り合いは野々口だけだしさ」

言われてみれば確かにそうだ。僕と樹さんと野々口くんは、〈まごころクリーニングサービス〉という清掃《せいそう》会社で働いている。僕と樹さんは正社員ではなくアルバイトだが、それでも常識的に考えれば会社の上司《じょうし》をパーティーに招きそうなものだ。今回、僕と野々口くんは友人という括《くく》りで参加している。

樹さんがそういう選択をした理由はなんとなく分かる。たぶん、会社の業務内容が関係しているのだろう。

まごころクリーニングサービスで扱う案件の多くは「特殊清掃」と呼ばれ、一般的な清掃会社とはかなり毛色が違う。特殊清掃というのは、端的に言えば、人が亡くなった現場を元通りに復元することを指す。

腐敗した肉体から染《し》み出た体液で汚《よご》れた床をきれいにしたり、死臭が染み付いてしまった壁や天井《てんじょう》を拭《ふ》いたり、室内に残った死臭を徹底的《てっていてき》に除去するためにオゾン発生装置を使ったり……。特殊清掃の作業では、常に死の痕跡《こんせき》と向き合うことになる。多層構造のマスクをしていても悪臭は容赦《ようしゃ》なく嗅覚を刺激《しげき》してくるし、全身を覆《おお》う防護服《ぼうごふく》を着るので夏場は地獄《じごく》のように暑い。精神的にも肉体的にも非常にハードな職業だ。

この仕事は社会的に必要なものであり、人に誇《ほこ》れるものだと思う。ただ、こういう晴れの場で大っぴらに語ることに抵抗を感じる心理も分かる。特殊清掃にはどうしても死のイメージが付きまとうからだ。

「……まあ、仕方ないですよ」と僕は言った。「気にしていません」

そうか、と呟き、樹さんは自分の手を見つめた。

「なあ、潤平。実はな、会社を辞めようと思ってるんだ」

「えっ、そ、そうなんですか」

「仕事の内容がどうこうってわけじゃないんだ。嫁さんも、立派《りっぱ》な仕事だって言ってくれるし、俺もやりがいを感じてる。ただ、いつまでもアルバイトってわけにはいかないだろ」

「それはそうですね……」と僕は同意を示した。結婚して、子供も生まれるとなれば、より安定した職を求めるのは当然だ。「次の仕事は決まっているんですか」

「ああ」と言って、樹さんはある大手企業の名を挙げた。清掃業務と外食産業の二本柱で経営しており、年間の売り上げが一千億円を超《こ》える東証《とうしょう》一部上場《じょうじょう》企業だ。

「すごいところじゃないですか。正社員として働くんですか？」

「そうなるな。ハウスクリーニングの営業職なんだ。面接でこれまでの経験をアピールしたのが採用のポイントだったのかもしれねえな」

樹さんは嬉しそうにそう言った。「ぴったりだと思います」と僕は笑みを浮かべてみせた。お世辞《せじ》ではなく本心からそう思う。樹さんは他者の気持ちを汲《く》み取《と》ることに長《た》けている。相手に合わせて振る舞いを変えられる柔軟性《じゅうなんせい》もある。見た目こそ若干《じゃっかん》ヤンキーっぽさがあるが、それもほどよいアクセントとしてプラスに働く気がする。

「いつから新しい仕事を始めるんですか？」

「五月の連休明けからだな。まごころクリーニングサービスは四月末で退職ってことになる」

今日は四月六日なので、あとひと月足らずしか樹さんと一緒に働けない。残された時間の短さに、僕は寂しさを覚えた。

「今年は一気に人生が変わっちゃいますね」

「そうだな。でも、俺が選んだ道だからな。不安はないよ」樹さんがそこで僕の方を向く。その表情は思いがけなく真剣《しんけん》だ。「潤平。お前はどうするつもりだ？」

「え、僕ですか」

「お前、いま何歳《なんさい》だったっけ」

「二十六歳です。あとひと月で二十七になりますね」

「もう結構いい歳だよな。別に、今の状態に満足してて、フリーターとしてずっと生きていくつもりなら、それでもいいと思うぜ。ただ、時々立ち止まって考えることも大事だろ。自分のやりたいことをやるってのが、人生の醍醐味《だいごみ》じゃないかって気がするんだよな。そこに向けて環境《かんきょう》を変えていくってのは楽しいぜ」

樹さんは笑顔でそう言うと、勢いよく立ち上がった。

「ま、じっくり考えてみろよ」

「……ありがとうございます」

樹さんが他のテーブルに挨拶に向かう。その背中を見つめつつ、僕は樹さんの言葉を何度も心の中で繰《く》り返《かえ》した。

と、そこで振動を感じた。着信だ。ジャケットの内ポケットからスマートフォンを出す。画面《がめん》には風間さんの名前が表示されていた。

いったん会場を出てから、「はい」とスマートフォンを耳に当てる。

「桜庭くん。パーティーはいつ終わる？」

風間さんは前置きなしにいきなりそう訊いてきた。

「メインディッシュが終わってデザートに入るところです。たぶん、一時間以内にはお開きになるかと」

「そうか。では、それが終わってからでいいので、速《すみ》やかにこちらに合流してもらいたい。場所は追って伝える。私は先に作業を始めさせてもらう」

僕の返答を待たずに、風間さんは電話を切った。

作業というのは、人が亡くなった場所での死香採取《さいしゅ》のことだ。こうして急に連絡を寄《よ》越《こ》したということは、発生からまだ時間が経っていない事件現場への立ち入り許可が出たのだろう。死香は時間経過によって薄まっていく。現場に駆《か》け付《つ》けるのが早ければ早いほど、「濃い死香」を入手しやすくなる。

風間さんは警察と連携《れんけい》して活動しており、僕も調査に協力するという約束を交わしている。調査の優先度は高く、僕がどういう状況なのかは関係ない。たとえ親しい相手の結婚パーティーの当日であっても、呼び出されたからには現場に行くしかない。パーティーが終わるまで待ってくれるだけでもありがたいと思わなければ。

「……自分のやりたいことをやる、か」

僕はそう呟くと、スマートフォンをポケットに仕舞って席に戻った。

3

午後五時。僕は目黒区《めぐろく》内のとあるアパートにやってきた。

レクサスを降《お》り、ここまで送り届けてくれた運転手さんにお礼を言う。

ちょび髭《ひげ》がトレードマークの運転手さんは軽く頷くと、そのまま走り去った。彼は常に制帽《せいぼう》に黒のスーツという格好で、絶対に無駄口《むだぐち》を叩《たた》かないという明確なポリシーを持っている。

ちなみに僕が乗っていたのはタクシーではなく、風間家が所有している車だ。今の運転手さんも風間家に雇《やと》われている。風間さんは風間計器《けいき》という大手分析機器メーカーの社長の長男で、自由にお金を使える立場にあるようだ。快適さのためならコストを惜《お》しまないというスタイルを貫いており、僕もその恩恵《おんけい》にあずかっている。

さて、と腰に手を当て、僕は目の前のアパートを見上げた。

三階建てで外壁は白一色、屋根は鮮《あざ》やかな朱色《しゅいろ》に塗《ぬ》られている。イチゴジャムを塗ったレアチーズケーキを連想させる色合いだ。

アパートの玄関《げんかん》前に、中年の男性が立っていた。頭の両サイドにだけ残る黒々とした髪と、左右に離れた瞳《ひとみ》に、二つの穴がよく見える小さな鼻。パグを連想させる容貌《ようぼう》のこの人の名前は、曽根《そね》さんという。警視庁刑事部の分析研究係という部署に籍《せき》を置く、現役の刑事さんだ。

なお、分析研究係は風間さんの死香研究を犯罪捜査に活《い》かすために作られた特別な部署であり、曽根さんが唯一《ゆいいつ》の専従者として活動している。

僕が近づくと、曽根さんが「ああ、どうも」と表情を緩《ゆる》めた。「何か用事があったんでしょう？　大変ですね、桜庭さんも」

「いえ、サンプル採取に同行するのは助手としての責務ですから」と答えて、僕はちらりと建物に目を向けた。「風間先生は作業中ですか」

「おそらくは。ご案内しましょうか」

「あ、大丈夫です。部屋番号は教えてもらっているので。亡くなった方のお名前を伺《うかが》っても構いませんか」

「海老原佳音《えびはらかのん》という、二十三歳の女性です。遺体《いたい》の状況から他殺で間違いないと思われます」

「遺体が発見されたのは昨日の夕方でしたよね」

「ええ。午後になっても出社しなかったことを不審《ふしん》に思った会社の同僚がアパートの管理人に連絡を取り、遺体の発見に至《いた》りました。死亡推定時刻《しぼうすいていじこく》は発見のおよそ十九時間前――一昨日《いっさくじつ》の午後十一時頃と見積もられています。……ええと、細かい情報もお伝えした方がいいですか？」

「差し支えなければ、ぜひ。サンプル採取が終わってから聞かせてください」

僕はそう言ってアパートに入った。

実は、現場がどの部屋か、僕は知らされていない。その必要がないと風間さんは判断したのだ。最近はいつもそうだ。これは意地悪ではなく、風間さんの信頼《しんらい》の証《あかし》だと僕は思っている。

自力で事件現場を言い当てることは難しくはない。なぜなら、人が亡くなった建物内には明確な死香が漂《ただよ》うようになるからだ。犯人の逃亡《とうぼう》時や遺体搬出《はんしゅつ》時に死香がまき散らされるので、それをたどれば自然と現場に到着する。

このアパートにも、濃い死香が充満《じゅうまん》している。車を降りた直後から感じていたのは、甘いココアの香りだった。海老原さんの死香で間違いないだろう。

死香は様々な化学物質から構成されているのだが、亡くなってからの時間が短ければ短いほど強く感じられるという特徴がある。遺体の腐敗の度合いとは関係ないことから、死の直後に放たれる特殊な物質が存在しているのでは、と推測《すいそく》されている。

死香をたどりつつ、ゆっくりと三階まで上がる。

アパートの裏手側に位置する外廊下《そとろうか》に、長身の男性の姿があった。黒のスーツに白衣《はくい》を羽織《はお》るいつものスタイル。一分《いちぶ》の隙もなく、完璧に整えられたオールバック。つるの部分がチタンで作られたフレームレスの眼鏡《めがね》。そして、何事にも動じないクールな眼差し。サンプル採取作業においても、風間さんの身だしなみに抜けたところはない。

「お疲《つか》れ様です、風間さん」

声を掛けると、風間さんがこちらを向いた。微《かす》かに眉根《まゆね》を寄せている。

「すまないな、せっかくの晴れの日に」

「いいえ、お気になさらず。ちゃんと最後まで出席できましたから」と僕は微笑んでみせた。「サンプル採取はもう終わったんですか」

「ああ。次は君の番だ。存分に死香を『嗅ぎ解く』といい」

風間さんが差し出した白衣を羽織り、僕は「やってみます」と頷いた。

三〇二号室に入る前に、まずは廊下に残った死香を確認する。

匂いはいま上がってきた階段方面へと続いている。このアパートにエレベーターはなく、ここに来る間に感じた死香は一直線で、途中《とちゅう》に分岐《ぶんき》はなかった。犯人は海老原さんを殺害後、階段を降り、玄関を通ってアパートを出たようだ。殺人犯には死の瞬間に放たれた死香が大量に付着する。その移動経路は香りの痕跡として残される。

　外に出て死香を追跡したいところだが、先に室内を調べることにする。死香の付着位置や匂いの強弱から、犯行後の犯人の行動を推測できる。そこから犯人像を導き出せる可能性もある。

　深呼吸で嗅覚をリセットしてから、ドアを開ける。

　外気に晒《さら》される屋外と違い、屋内の死香は濃密《のうみつ》だ。遺体はすでに搬出されているし、鑑識《かんしき》活動などで警察関係者が出入りした際に匂い分子が拡散されたはずだが、それでも外よりずっと強く死香を感じる。

　靴を脱《ぬ》ぎ、念のためにシューズカバーを履《は》いて室内に足を踏《ふ》み入れる。

　玄関から延びた短い廊下の先がリビングだった。広さは八帖《じょう》ほどで、右手にロフトがある。

　室内に荒らされた様子はない。衣服はすべてハンガーラックに掛けられており、本棚《ほんだな》の書籍はサイズごとに分類《ぶんるい》され、整然と並べられていた。被害者《ひがいしゃ》は日頃から整頓《せいとん》を心掛けていたのだろうか。あるいは、来客に備えて片付けを済ませたばかりだったのかもしれない。その辺のことは、きっと警察が調べるだろう。

中央のこたつテーブルを挟《はさ》む形で、ソファーとテレビが置かれている。死香はそのソファーの近くが最も強く香っていた。遺体があったのはそこで間違いないだろう。

死香は玄関方面へと続いている。トイレやユニットバス、クローゼットの中やベランダも確認したが、相対的に弱い死香しか感じられなかった。犯人は海老原さんを殺害後、まっすぐ外に向かったようだ。

腕組《うでぐ》みをして床を見つめていると、「――どうだね?」と耳元でいきなり囁《ささや》き声《ごえ》が聞こえた。

驚いて振り返ると、すぐ真後ろに風間さんが立っていた。いつの間に入ってきたのだろう。まったく気づかなかった。

「……匂いの付き方は自然ですね。室内に残された死香からは、犯人の足取りを追うのは難しいかなという印象です」

「死香の種類は?」

「ココアですね。ホットココアのカップから立ち上る香り、って感じです」

「そうか。ならば、詳細な分析は必要ないな」

死香の副作用により悪臭物質と化した食材のうち、最も僕の食生活に影響を及ぼしているのは米だ。ありとあらゆるご飯《はん》ものが、炎天下《えんてんか》に放置された生ごみのような悪臭を放つため、一切《いっさい》食べられなくなってしまっている。

それを克服するのが死香研究の最重要課題であり、関係性の薄そうな死香については、ルーティンとして行われる成分分析に留まることが多い。

「……それはつまり、サンプル採取だけで終わりということですよね」

「私としてはそれが最善と考える。君は不満があるようだな」

「不満というか、もっと捜査に貢献《こうけん》できないかなと」と僕は風間さんを見上げた。

「君の気持ちは分かっているつもりだ」風間さんが僕の視線を受け止める。「ただ、ここへ来たのは、事件発生からまだ日が浅く、『新鮮《しんせん》な死香』を採取できるからだ。死香から得られた情報を捜査に活用するのが主目的ではない」

「研究を進めるために優先順位を付けるのは当然だと思います。ただ、前にもお伝えしたかもしれませんが、僕としては関わった事件の捜査になるべく協力したいと思っています」

「そもそも、本件に関しては、捜査協力を依頼《いらい》されていないが」

「依頼がなくても、自主的にやりたいんです」

「それを言い出すとキリがない」と風間さんが首を振る。「日本における殺人事件の被害者数は、年間におよそ三百人だ。それらすべての捜査に関わることは現実的には不可能だ。それについて、君はどう取捨《しゅしゃ》選択するのかね」

風間さんの指摘《してき》はもっともなものだった。僕は少し考えて、「一定の基準を設《もう》けることはできます」と言った。

「研究のことを無視するつもりはないんです。たとえば発生から一週間以内とか、充分な濃度の死香が採取できるケースに限定すべきだと思います。日帰り調査が可能なエリアだけにするという手もありますし、数を絞《しぼ》ることは可能です」

「それでも、週に一件程度のペースにはなるだろう」と風間さんが眉根を寄せる。「君には特殊清掃のアルバイトもある。全部に関わるのは無理だ」

「その辺は折《お》り合《あ》いをつけていきます」

今までは、風間さんが選んだ事件現場に行き、死香を嗅ぐというやり方でやってきた。風間さんが時間的な都合や研究価値《かち》の薄さから調査対象外とした事件については、僕は把握できていない。

助手なのだからそれで構わないと妥協《だきょう》していた部分もあったが、調査件数を増やすことは可能であるはずだ。前々からそのことを考えてはいたのだが、風間さんに伝えたのはこれが初めてだった。自分のやりたいことをやる——樹さんからの助言が、僕に一歩を踏み出す勇気を与えてくれた。

死香を嗅ぎ取る能力は、特殊清掃のアルバイトで死の痕跡を消し去る中で発現したものだ。特殊な環境が生み出したものと言っていい。

死臭を嗅ぎすぎたから、嗅覚に異常《いじょう》が生じたと考えるのが妥当な思考だとは思う。

ただ、自分勝手で非科学的な捉え方だが、亡くなった人の悲しみが僕の体に何らかの作用を及ぼした結果なのではないか、という風にも思えるのだ。

自分にはその想いに応える義務がある。死香を活用して、可能な限り多くの事件を解決したい。どうしても捨てきれない責任感は、そんな気持ちから生まれてきたのではないかという気がする。

「……今はサンプル採取作業中だ。我々《われわれ》にとって重要な事案だ。また落ち着いてじっくり話し合おう」

わずかに口元をこわばらせてそう言うと、風間さんは先に部屋を出ていった。

後先考えずに、つい思っていることをそのまま風間さんにぶつけてしまった。そのせいだろうか。やり取りが微妙《びみょう》に嚙み合っていない感覚があった。

風間さんは現実的な数字を挙げて反論していたが、争点はそこではない。方針《ほうしん》を変えることそのものについてどう思うかを聞きたかったのだが、うまく風間さんの本音を引き出せなかったように思う。

「ちょっと、タイミングがよくなかったかな……」

一人きりになり、僕は自分のミスを反省した。ただ、いずれはこの話をすることになっていただろう。反省はしても後悔はしなくていい。

僕はふっと息を吐《は》き出《だ》し、室内のココアの死香をもう一度嗅ぐ作業を始めた。

4

「あの……何をされているんですか」

ふいに、中年の女性から声を掛けられた。たぶん近所の住人だろう。不安げな彼女の視線の先には、電信柱の根元にしゃがんだ風間さんがいる。

彼女が不審がるのも無理はない。風間さんは何もない場所に注射器の先端を向け、吸い取った空気をプラスチック製試験管《しけんかん》に入れるという作業を繰り返している。その表情は真剣そのもので、作業に没頭《ぼっとう》している様子が窺《うかが》える。僕が女性に話し掛けられたことにも気づいていないようだ。

ちなみに、気体を自動で採取するサンプリングポンプという機器もあるのだが、風間さんは手動にこだわっている。風間さん曰《いわ》く、「手でやる方が安定し、データの偏《かたよ》りが少なくなる」のだそうだ。

風間さんは一心不乱《いっしんふらん》に作業を続けている。僕は視線を遮《さえぎ》るように、女性と風間さんの間に立った。

「驚かせてすみません。詳細は言えないのですが、科学捜査の一環《いっかん》なんです」

僕は小声で言い、女性に名刺《めいし》を見せた。名前の横に、〈警視庁刑事部捜査一課　第一強行犯捜査・分析研究係〈特別顧問《こもん》補佐〉という肩書きが印字されたものだ。風間さんが作成した名刺で、警察に協力していることを示すために活用している。

名刺を見るなり、「ああ、あの事件の……」と彼女は神妙に呟いた。僕たちは今、海老原さんの自宅アパートから五〇メートルほどの地点にいる。近隣《きんりん》住民は殺人事件が起きたことをすでに把握しているのだろう。

「ごめんなさい、作業の邪魔《じゃま》をしてしまって」

「いえいえ」と僕は微笑んでみせた。「もし事件に関してお気づきのことがありましたら、最寄《もよ》りの交番に連絡してくださいね」

「あ、はい。どうも、失礼いたしました」

申し訳なさそうに女性が自宅へと戻っていく。それを見送っていると、「さすがだな」と風間さんに話し掛けられた。

「何のことですか？」

「今の対応だ。相手の警戒心《けいかいしん》をいともたやすく解きほぐしたではないか。私には到底真《ま》似《ね》できない高等技術だ」

「名刺の効果は大きいですよ。それに、見た目がこれですからね」と僕は苦笑した。僕は身長が一五八センチと小柄《こがら》で、しかも童顔《どうがん》ときている。元々警戒されにくい風貌というだけで、話術や表情を駆使《くし》して警戒心を和《やわ》らげているわけではない。

「それは謙遜《けんそん》だ」と風間さんが真顔で言う。「己《おのれ》を知り、それを踏まえて行動することはそう簡単ではない。君はもっと自分に自信を持つべきだ。私が知る限り、君ほど真摯《しんし》に努力している人間はいない」

「はあ、それはどうも、ありがとうございます」

風間さんはよくこんな風に僕を手放しで褒《ほ》めてくれる。風間さんは、相手を勇気づけたり慰《なぐさ》めたりするためにお世辞を言うような人ではない。褒め言葉は常に本心から出たものだ。だから、僕も素直《すなお》に受け取るようにしている。

風間さんは採取したサンプルを愛用のアタッシェケースに仕舞い、「ここで死香は途切れているんだな」と言った。

「そうですね。きれいにぷっつりと」

犯人は犯行後、どちらに逃げたのか。それを確かめるべく、僕は海老原さんのアパートの周囲の死香を嗅いでみた。屋外の死香は風や車、雨などの影響で拡散されてしまうため、室内ほどはっきりと嗅ぎ取ることは難しい。それでも今回は、ある程度匂いを感じることができた。どうも犯人は道路沿いの民家のフェンスに手を突きながら移動していたようだ。それで死香が残っていたのだろう。

そうして死香をたどった結果、この場所で匂いが途切れていることが分かった。ブロック塀《べい》沿いに電信柱が立っているだけの、これといった特徴のない地点だ。

「犯人はここで徒歩《とほ》から別の移動手段に切り替えたのだろう」

風間さんの意見に、「僕もそう思います」と同意した。「路上に車を停めるのは目立ちますし、タクシーが偶然《ぐうぜん》通り掛かる可能性も低そうです。バイクは音の問題がありますし、一番ありえそうなのは自転車ですかね」

「あるいは迎えに来た協力者の車に乗り込んだか、だな」

「なるほど、そういうパターンもあり得ますね……」

「現段階では可能性を絞り込まない方がいいだろう。安易《あんい》な決め付けは自由な思考の制限にしかならない」

「ええ、肝《きも》に銘《めい》じておきます」と僕は言った。

「では、そろそろ行こうか」

風間さんと共にアパートの前まで戻る。玄関先で曽根さんが待っていた。これから、事件の詳細を聞くことになっている。

「どうもお疲れ様でした」トータルで一時間以上待たされたというのに、曽根さんに苛《いら》立《だ》った様子はない。「ええと、どちらで話をしましょうか」

「曽根刑事は、どのようにここまで来たのですか」

風間さんの問いに、「電車と徒歩ですね」と曽根さんが答えた。

「では、我々の車の中でやりましょう。これから警視庁に戻られるのでしょう。話が済んだら、どこか適当なところで停めますので。ああ、運転手のことなら心配なく。風間家に長く仕えている者です。情報漏洩《ろうえい》の心配はありません」

「そうですか。では、お言葉に甘えて」

「少々お待ちを」

風間さんが胸ポケットからスマートフォンを取り出す。本体がプラチナで作られているという特注品だ。

風間さんは電話を発信し、一切通話をせずにキャンセルした。そのまま待つこと二分。僕たちの目の前に黒塗りのレクサスが現れた。運転席にいるのは、僕がいつもお世話になっている、あのちょび髭の運転手さんだ。

「後部座席にどうぞ。私は前に座ります」

そう言って、風間さんは率先して助手席に座った。この車の定員は五名で、後部座席には大人三人分のスペースがある。にもかかわらず助手席を選択したのは、僕が曽根さんの話をじっくり聞けるようにという配慮《はいりょ》だろう。

風間さんは事件の解決にはさほど興味がない。常に事件から距離を置いて活動している。死香を分析し、その結果を警察に報告することはあるが、それは義務感によるもので、データが実際に捜査に活用されたかどうかは大して問題ではないようだ。

そのスタンスを「怠慢《たいまん》だ」とか、「非人道的だ」とか批判するつもりはまったくない。

風間さんは大学の研究者であり、研究や教育を優先するのは当然だ。僕とは考え方が違うというだけのことだ。

ということで、僕は曽根さんと共に後部座席に乗り込んだ。

ゆっくりと車が動き出す。「では、事件のことを教えてください」と僕は切り出した。

「了解です。まずは被害者のプロフィールから。海老原佳音さんは学習教材を扱う企業に勤務《きんむ》されていました。会社は港区《みなとく》ですね。教育学部出身ですが、教員にはならなかったんですね。ちなみに、あのアパートには大学時代からずっと住んでいました」

「遺体を見つけたのは、会社の同僚だったんですよね」

「ええ。三十歳の女性で、海老原さんの所属《しょぞく》するチームのリーダーだったそうです」

「発見時、部屋は施錠《せじょう》されていたんでしょうか」

「いえ、鍵《かぎ》は開いていました」

なるほど、と僕は唇《くちびる》に手を当てた。一応、誰でも出入りできる状態だったわけか。

「……死因はなんだったんでしょうか」

「窒息《ちっそく》ですね。凶器はビニールひもで、床にうつ伏《ぶ》せに倒れた海老原さんに馬乗りになり、背後から首を絞《し》めたものと推測されています」

「曽根刑事」と風間さんが前を見たまま口を挟む。「ビニールという名称は軟質のプラスチック全般に使われていますが、本来はビニル基という特定の化学構造を持つ物質を指す単語です。そして、ビニールを使ったひも状の商品はさほど多くありません。縄跳《なわと》びが代表的ですが、それが凶器だったのですか」

「ああ、失礼しました。荷造りなどに使われるひもです。原材料は、ええと……ポリプロピレンですね」と曽根さんが訂正《ていせい》する。言葉尻《ことばじり》を捕らえるような、風間さんの細かい指摘にも気分を害した様子はない。「凶器は首に巻き付いたまま放置されていました。なお、海老原さんの自宅には、径《けい》が一致《いっち》する荷造りひもはありませんでした」

つまり、犯人がそれを持ち込んだということだ。荷造りのひもを普段から持ち歩くというのは考えづらい。犯人は最初から海老原さんを殺害するつもりだったようだ。

「死亡推定時刻は午後十一時頃という話でしたが、そんな時間に人と会ったりするでしょうか。そもそも見ず知らずの人間なら、インターホンを鳴らされても決してドアを開けないと思うのですが」

「桜庭さんのご意見はごもっともです」と曽根さんが頷く。「一人暮らしの若い女性ですからね。充分に警戒していたはずです」

「あ、一応確認ですけど、その日は海老原さんは一人で帰宅《きたく》したんですよね？」

「おそらくは、という答えになりますね。最寄り駅の監視カメラには、午後八時前に彼女が一人で歩いている姿が映っていました。少なくとも飲み屋で知り合った相手を連れ帰った……といったことはなかったはずです」

彼女は帰宅後に調理を行っており、生ごみから推定される料理と胃の内容物は完全に一致していたという。家に戻って夕食を食べたのだろう。どこにも寄らずに駅からまっすぐ帰宅したと考えてよさそうだ。

「ここまでの話を聞く限りだと、顔見知りの犯行って感じがしますね」

「警察もその線で動いています。実は海老原さんには交際相手がいました。関本《せきもと》恭也《きょうや》という、同じ会社に勤める二十七歳の男性です。最近、二人が喧嘩《けんか》をしていたという情報が入っていまして。訪ねてきたのが恋人なら夜遅《おそ》くに自宅に招き入れても不自然ではありませんし、動機もあるということで、捜査本部は彼をマークしていますね」

曽根さんは淡々《たんたん》と説明し、「ただ、他にも気になることが」と続けた。

「どうも海老原さんはストーカーに悩《なや》まされていたようです。何度か警察に相談したと、彼女の友人が語っているそうで」

「警察の方で捜査は行わなかったんですか？」

「ええ。相談内容は、『外を歩いていて視線を感じた』とか『誰かがつけてくる足音を耳にした』とか、物的証拠に乏《とぼ》しいものばかりだったんですよ。それでは警察もなかなか動きようがありません。夜間のパトロールの回数を増やしたんですが、不審人物の発見には至っていませんし、海老原さんの証言の裏付けも取れませんでした」

「……まあ、本当にストーカーがいたとしても、今回の事件とは直接関係ない気もしますね」と僕は言った。付きまとっている相手を警戒していたなら、夜にいきなり訪ねてきた人間に応対するはずがない。

「同感です。無理やり押し入ろうとすれば、悲鳴や物音をアパートの住人が聞いているはずですが、そういった証言も出ていませんから」

曽根さんはそう言うと、「現在までに分かっているのはこれくらいですな」とメモ帳を閉じた。「また何か分かったらお伝えしましょうか？」

「はい。ぜひお願いします」

と、そこで車が速度を緩める。窓の外に渋谷《しぶや》駅が見えていた。

「ちょうどいいタイミングですな。では、私はこれで」と曽根さんが車を降りた。彼に代わって、風間さんが僕の隣にやってきた。

再び車が動き出す。

「これから大学の方に行かれるんですよね」

「ああ。今日採取したサンプルの分析に取り掛かりたい」と風間さんが頷く。「君はこのまま帰宅したまえ。もう七時になる。今日は疲れただろう。ゆっくり体を休めるといい」

僕と風間さんが暮らすマンションは目と鼻の先だ。ただ、今後の取り組み方がまだ決まっていない。

「少し車の中で話せますか。捜査協力の方針について相談したいです」と僕は言った。

「いいだろう。では、この辺りを走りながら話すとしよう」

「ありがとうございます。まず、死香をどう今回の捜査に活かすかなんですけど」と僕は腕組みをした。「一つの案としては、死香を頼りに犯人が使ったと思われる自転車を見つけることですかね。ただ、あまり現実的ではないですかね」

「そうだな。都内に存在する自転車の台数を考えると、とても実行可能とは思えない。そもそも、自転車を利用したかどうかも分からないからな。無謀《むぼう》だ」

「ですよね。となると、モノよりヒトから手を付ける方がよさそうですね」

「具体的にはどうするつもりだね」

「警察がマークしているという、交際相手の男性と会って、死香を確認したいです」

海老原さんの遺体は司法解剖《しほうかいぼう》に回されており、まだ遺族のところには戻されていないという。恋人であっても遺体と接触することは不可能で、死香が付着することはない。もし彼の体からココアの死香が感じられたとしたら、事件への関与が強く疑われる。

「ふむ。曽根刑事を通せば、面会は可能だろう」風間さんはそう言って、僕の膝《ひざ》にそっと手を乗せた。「それで空振《からぶ》りだった場合はどうする？」

「被害者の方の同僚や友人と会うことになりますね。それなりに人数が多くなるかもしれません」

「それでも手掛かりが得られない場合は？」

風間さんが間髪《かんはつ》をいれずに質問をぶつけてくる。

数秒前より、風間さんは明らかに僕の方に体を乗り出していた。フレッシュなレモンの皮と完熟《かんじゅく》の桃《もも》の果汁《かじゅう》をミックスしたような、清涼感《せいりょうかん》と甘さが渾然一体《こんぜんいったい》となった香りが僕の鼻腔《びこう》を刺激する。風間さんの体から放たれる香りだ。

僕はその香りを感じながら思考を巡《めぐ》らせ、「そこでいったんストップします」と答えた。「その頃には警察が何らかの情報を摑《つか》んでいると思います。それを踏まえて、次に打つ手を考えるのが妥当ではないでしょうか」

「君は先ほど、捜査協力の件数を増やしたいと言っていた。いま君が口にした第二段階までを終えるまでに、次の事件が起きている可能性もある。その場合は、こちらを打ち切るということか？」

風間さんが踏み込んだ問いを投げ掛けてきた。その表情は真剣だ。

「……その時になってみないと何とも言えませんが、同時並行で進められないかを模索《もさく》するでしょうね」

「それが可能だと思うかね？」

「分かりません」と僕は首を振った。「それでも、やる前から捜査協力を打ち切ることを前提にしたくはありません」

そうか、と呟き、風間さんが僕の膝から手を放した。

「君の考えは分かった。その方針で進めていくとしよう」

「今まで以上に捜査活動への協力に力を入れるということでいいんですか？」

「そうだ」と風間さんが頷く。

それは望んでいた返答だったはずだ。だが、僕の心にはもやもやしたものが残っている。議論を尽くしたという手応えがない。

「本当に納得《なっとく》されていますか」と僕は風間さんの目を見つめた。「結論が出るのが早すぎるような気がします。失礼を承知で言いますが、面倒《めんどう》臭くなって、こちらの言い分を受け入れることにしたような感じがします」

風間さんは僕の視線を受け止め、目を合わせたまま、「今のは議論ではなかった」と言った。

「対立する意見をぶつけ合っていたのではなく、君の主張を理解するための時間だった。そして、私は君の考えを充分に理解した。だから、『分かった』と言ったのだ」

そう説明し、風間さんが表情を緩めた。

「理解に至るまでの時間は、確かに以前より短くなった。それだけ我々の繋がりが深くなったからだ。共に暮らすようになったことで、桜庭くんと共に過ごす時間は一気に増えた。それによって相互理解が進んだ。私はそう考えている。だから、一から十まで言葉を尽くして説明する必要はない」

「風間さん……」

「いい機会だから、はっきり伝えておこう。君がやりたいのならば、それでいい。それが今の私の考えだ」と風間さんは迷いなく言い切った。「無論、無茶な行動があれば止めるが、基本的には放任主義でいく。私は桜庭くんを信頼している。君ならば、冷静に状況を判断し、それに応じた行動が取れるはずだ」

風間さんの言葉が胸に沁《し》み込《こ》んでいく。

僕は風間さんのことを信頼している。その相手から「信頼している」と言ってもらえた。もちろん嬉しいという気持ちが先に立つが、同時に重圧も感じていた。

風間さんの気持ちにちゃんと応えなければならない。彼を失望させたくない。そんな思いが僕の中で存在感を増し始めていた。

窓の外に、僕たちが暮らすマンションが見えてきた。

そのまま地下駐車場《ちゅうしゃじょう》に入り、そこで車が停まる。

「話し合いができてよかったです」と僕はシートベルトを外した。「風間さんの期待に添《そ》えるように頑張ります」

「頑張る必要はない。君は君なりにベストを尽くせばそれで充分だ」

風間さんがまた優しい言葉を掛けてくれる。

僕は嬉しさを噛み締めつつ、「はい！」と強く頷いた。

5

翌、日曜日。僕はマンションの自室で、曽根さんからメールで送ってもらった事件の資料を読み返していた。

事件そのものの情報は追加されていないが、被害者である海老原さんのプロフィールが詳細に記載されていた。それに目を通しながら、なぜ彼女が殺されたのかを考える。

午後二時。大学で分析作業をしていた風間さんが帰ってきた。部屋を出て、玄関先で彼を出迎《でむか》える。

「お疲れ様です。分析は終わりましたか」

「ああ。ココアの死香の主成分は特定できた。テトラメチルピラジンや、ヘプタンニトリルが検出されている。データについてはすでに曽根刑事に送付済みだ」

風間さんが当然のように化学物質の名前を口にする。基本的に、風間さんは個々の成分について説明することはないし、僕に知識を身につけろと指示することもない。成分名を知っているかどうかは死香の感知に何の影響もないからだ。

「さすがですね。これで捜査が進めばいいんですが」と僕は息をついた。

警察には、僕が死香を感知できることは伝えていない。「遺体があった現場の空気に含《ふく》まれる特殊な成分」を風間さんが分析し、そのデータを渡《わた》している。あくまで科学的な情報として扱われているわけだ。そのため、路上にココアの死香が残っていたことを報告するためには、風間さんがデータを出すのを待つ必要がある。死香の感知からはワンテンポ遅れることになるが、仕方ない。僕が感じている死香は、どう頑張っても物的証拠にはなりえない。科学による裏付けが欠かせないのだ。

「少し休まれますか」

「いや、すぐに出よう。今日は道が混んでいるようだ。早め早めに動いた方がいい」

「分かりました。準備はできています」

ということで、僕は風間さんと共にマンションの地下駐車場に向かった。今日はこれから、海老原さんの交際相手だった関本さんと会うことになっている。面会場所は、葛《かっ》飾区《しかく》にある彼の自宅だ。

車がマンションを出て首都高《しゅとこう》に乗ったところで、「事件を振り返っていて思い出したんですが」と僕は話し掛けた。「以前にもストーカー殺人事件の捜査に協力したことがありましたよね」

「すまないが、個々の事件の内容は覚えていない」と風間さん。「死香の種類で言ってくれないか」

「オレンジとチョコレートですね。本に付いた死香が解決のキーになった事件です」

「ああ、あれか」と風間さんが頷く。死香の情報を出さないと思い出せないのは、彼が事件の詳細に興味を持っていないからだ。研究活動に直結しないデータはそもそも頭に入れない、というのが風間さんのスタンスだ。

「まあ、あれはあとからストーカーが犯人だったと分かったわけで、今回とは様相が違いますけどね」

「そうだな。無理に過去の経験を当てはめない方がいい」

「ちなみに、ストーカーによる殺人事件というのは多いんでしょうか」

「どうだろうか。具体的なデータはないが、殺人事件に占める割合は低下していると思われる」と風間さんがこめかみに指先を押し当てる。「警察へのストーカー関連の相談件数は年々減少している。ストーカー規制法が機能しているからだろう。必然的に、殺人事件にまで発展するケースも減っていると推測される」

「なるほど……」

そんなやり取りをしつつ、四十分ほど車に揺《ゆ》られる。やがて僕たちは目的のマンションに到着した。都道に面した八階建てで、すらりと縦に長い形をしている。一つの階が二戸のみという構造だ。まるでＲＰＧに登場する塔のようだった。

中に入ろうとしたところで、僕は足を止めた。

……これは。

辺りには郵便受けが並んでいる。小刻《こきざ》みに鼻から息を吸いながら、六帖ほどのスペースを何度か往復する。間違いない。死香だ。

「風間さん。ココアの死香を感じます」

「ほう！」と風間さんが目の色を変える。「では、私はサンプル採取を行う。桜庭くんは、死香の付着状況を調べてくれ」

「了解です」

死香はエレベーターの方に続いていた。かごの中でも匂いを感じる。死香をまとった人物はエレベーターを利用したのだ。

すべての階のボタンを押し、各階の死香を確かめていく。すると、五階だけ明らかに死香が強いことが分かった。関本さんの部屋があるフロアだ。

いったん一階に戻り、マンションの外の匂いを確かめる。交通量のある通りに面しているので、死香はほとんど拡散されてしまっている。マンションの植え込みにわずかに死香が付着している程度だった。

ひと通り匂いを嗅ぎ終えて建物に戻ると、風間さんも採取作業を済ませていた。そろそろ関本さんとの面会時刻だ。

「行きましょうか」

「ああ。冷静な行動を心掛けるようにしたまえ」

「……はい」

　僕は緊張感と共に五階に上がった。エレベーターを降りてすぐ右手の五〇一号室が関本さんの部屋だった。やはりと言うべきか、死香は部屋の前まで続いている。

　インターホンを鳴らすとドアが開き、関本さんが顔を覗《のぞ》かせた。

　彼の姿を見た瞬間、「ほんの少し風間さんに似《に》ているな」と僕は思った。身長はほぼ同じで、顔の輪郭《りんかく》も似たような形だ。フレームレスの眼鏡を掛けているところも一致している。ただ、顔立ちの印象や雰囲気《ふんいき》はまったく異なる。風間さんがまとっているような、見る者を虜《とりこ》にする美しさは感じられない。なので、初めて風間さんと会った時のような衝撃《しょうげき》はなかった。

「初めまして。東京科学大学の桜庭です。こちらは風間准教授です。お忙《いそが》しいところ、ご自宅にまでお邪魔してしまってすみません」

「いえ、捜査の役に立てるのなら、いくらでも協力します」と関本さんが表情を険しくする。

　中に入れてもらい、靴を脱ぎつつさりげなく室内の匂いを嗅ぐ。予想と違うな、と僕は首をかしげた。ココアの死香が全然感じられない。関本さんの体からも、何の死香も漂っていなかった。

「どうされましたか」

関本さんが訝《いぶか》しげに訊く。「ああ、いえ、何でもありません」と僕は笑みを浮かべてごまかした。

「……そうですか。では、こちらへどうぞ」

短い廊下を抜け、リビングに入る。

椅子に座るより先に、「あなたは被害者の女性の自宅を訪れたことがありますか」と風間さんが質問した。

「あ、はい、何度か」

「では、ここでサンプル採取を行いたいのですが、構いませんかね」

「サンプルというと……」

関本さんが眉根を寄せる。

「集めるのは室内の空気です。詳細に分析を行うことで、現場の空気に含まれる、あなた由来《ゆらい》の成分を特定できます。それにより、犯人が残していった匂い成分を絞り込むことが可能になります」

「あの、風間さん。ちょっと」

サンプル採取にやる気を見せている風間さんを連れて、いったんリビングを出る。

背後を気にしつつ、「さっきから嗅いでいますが、室内ではココアの死香は感じられません」と僕は報告した。「遺体との接触《せっしょく》はないようです。恋人の男性は完全にシロと考えて差し支えないかと」

「そうか……。となると、いささか奇妙《きみょう》な状況ではあるな」

「そうですね」と僕は同意した。死香をここへ運んできた人物は、この部屋の前までやってきて、中に入らずに引き返したことになる。

「考察はあとにしよう。とりあえず、サンプル採取は必要最小限に留めておく」

採取を止《や》めるかと思ったが、その選択肢は風間さんの中にはないようだ。彼はどうも、分析そのものを楽しんでいる節《ふし》がある。成分を自分の手で突き止めるという行為自体が好きなのだろう。

リビングに戻るなり、風間さんは愛用の注射器を取り出した。関本さんがぎょっとしたように目を見開く。

「採取作業はすぐに終わりますので、お気になさらず」と声を掛け、僕は関本さんと共にダイニングテーブルについた。

「あ、はい……」

「このたびはご愁傷様《しゅうしょうさま》でした。いくつか質問をしますが、もし不快に感じたら遠慮《えんりょ》なくおっしゃってください。我々は警察の人間ではなく、あくまで科学捜査に協力している立場ですので」

「大丈夫です。何でも答えます」と関本さんが居住まいを正す。そのまっすぐな眼差しの奥に、犯人に対する怒りが渦巻《うずま》いていた。

「海老原さんは、ストーカー被害に遭《あ》っていたと伺いました。関本さんはそのことをご存じでしたか」

「ええ。本人から相談を受けていました。彼女が感じていたのは視線や足音、不審な物音程度で、具体的な被害はまだ出ていなかったのですが、早めに警察に連絡するようにアドバイスしました。エスカレートしてからでは手遅れですから。ただ、結果的に僕は何の役にも立てませんでした……こんなことになるなら、強引にでも同棲《どうせい》を提案《ていあん》すべきだったんだ……」

関本さんが強く目をつむり、右手で髪を掻きむしる。目尻に涙《なみだ》が滲《にじ》んでいた。恋人の死に責任を感じているのだ。

正直なところ、落ち込んでいる人に事件に関する質問をするのは辛《つら》い。まだ血が滲んでいる生傷に塩を塗り込むような、デリカシーのない行為だと思う。ただ、この苦しさにひるんでいては、捜査協力などできるはずもない。自分は正しい方向に進んでいるのだと信じ、次の質問に移る。

「犯人がストーカーだったと仮定すると、不可解な点が出てきます。事件当夜、海老原さんは遅い時間に訪ねてきた人物を自宅に入れたと考えられています。そのことについて、どう思われますか」

関本さんは大きくため息をつき、「……少なくとも、顔見知りだったのだろうとは思います」と答えた。

「つまり、知り合いがストーカー行為に手を染めていたということでしょうか」

統計的には、ストーカー事件の被害者と加害者は顔見知りであることが多いという。まったく接点のない相手に執着《しゅうちゃく》するようなケースはめったにない。

「……分かりません」と関本さんが首を振る。「ただ、少なくとも僕と彼女の共通の知人に犯人はいないと思います」

「——その根拠《こんきょ》を伺いたい」

黙々とサンプル採取をしていた風間さんが唐突《とうとつ》に会話に加わってきた。

関本さんは風間さんを不審そうに睨《にら》み、「根拠なんてないですよ」と吐き捨てるように言った。「自分の周りにいる人間を信じたいというだけのことです」

「そうですか。では」

風間さんは平然とまた採取作業に戻る。興味を失ったらしい。時と場所を選ばない、相変わらずのマイペースっぷりに、口元が緩みそうになる。

もちろんそんな失礼な振る舞いは許されない。僕は表情を引き締め、「ちなみにお伺いしたいのですが」と会話を再開した。「関本さんは、いつから海老原さんとお付き合いされていたのでしょうか」

「去年の秋からです。彼女とは入社年度も部署も違うのですが、社内で開かれた研修で一緒の班になりまして。そこで意気投合して、付き合い始めました」

ほんの少しだけ彼の口調が明るくなる。幸せな記憶が蘇ったのだろう。

「海老原さんの交友関係についてはどの程度ご存じでしょうか。例えば、彼女の大学時代の知人などはいかがですか」

「彼女から知り合いを紹介されたことはありません。彼女はそもそも、昔の友人とあまり連絡を取っていなかったようですね」

「それはなぜでしょうか」

「……お互いに気まずかったんでしょう。もともと彼女は教員を目指していたんですが、途中で方針を変えてウチの会社に入ったんですよ」

「じゃあ、共通の知人と言えるのは会社関係の人だけですか」

「そうですね。唯一の例外は、彼女が大学時代に働いていたアルバイト先の関係者くらいです」

新しい情報だ。「アルバイトといいますと」と僕は水を向けた。

「居酒屋の店員です。彼女は大学に入ってから卒業までずっとそこで働いていたんです。看板娘《かんばんむすめ》と言えばいいんでしょうか。お客さんからの人気も高かったそうです」

「なるほど……ちなみに、海老原さんの写真を見せていただくことはできますか」と僕は言った。すでに、曽根さんにもらった資料で海老原さんの顔は見ている。ただ、それは自動車免許証のもので、完全に真顔だった。

「ええ、もちろん」

関本さんが「これです」とスマートフォンを差し出す。画面には、ディズニーランドではしゃぐ、笑顔の海老原さんが映っていた。小柄で目が大きいので、どこか小動物的な可愛《かわい》らしさがある。看板娘として人気が出るのも分かる。

こうして活き活きとした「リアル」な海老原さんに触れたことで、また一段と彼女の無念を晴らしたい気持ちが強くなった。

「その居酒屋の店員やお客さんと、今でも交流があったんでしょうか」

「ええ。売り上げに貢献したいと言って、時々足を運んでいたみたいです。僕もそれに同行して、彼氏として紹介された形です」

みんなのアイドルだった海老原さんに彼氏ができた。そのことを素直に歓迎した客もいただろうが、「裏切られた」と感じた人間がいたとしてもおかしくはない。可愛さ余って憎さ百倍、というやつだ。

「次に向かう場所が決まったな」

いきなり耳に触れた吐息《といき》に、「ひょっ」と間抜けな声を上げてしまった。振り返ると、風間さんは道具の片付けに取り掛かっている。自由奔放《ほんぽう》もいいところだ。

風間さんは何も説明しなかったが、たぶん僕たちの考えは一致している。もし店員や客の中に犯人がいて、事件後に店を訪問していたとしたら、一気に容疑者が絞り込める。海老原さんが働いていた居酒屋は、優先的に調べるべき場所だ。

風間さんが無言でリビングを出ていく。そのせかせかした足取りが、「君も早く来たまえ」と言っているように感じられた。

僕は関本さんに向き直り、居酒屋の店名と場所を聞き出した。

面会の礼を伝え、関本さんの部屋をあとにする。風間さんの姿はない。先に下に降りたようだ。

小走りにエレベーターに乗り込み、一階に向かう。

かごを出たところで、風間さんの背中が見えた。彼はマンションの正面玄関を出てすぐの場所でしゃがみ込んでいる。またサンプル採取だろうか。

「どうされたんですか」

玄関の自動ドアを抜けた瞬間、僕は激しい違和感に襲《おそ》われた。風間さんの周囲に、ココアの死香が濃く漂っていたからだ。

「……桜庭くん。すまないが、救急車を呼んでくれ」

その苦しそうな声に、僕は慌《あわ》てて風間さんのそばに駆け寄った。

思わず息を呑《の》む。彼の右腕から鮮血がしたたっていた。

「ど、どうしたんですか⁉」

「……建物を出たところで、男に刺《さ》された。凶器はナイフだ。傷は右腕の一箇所だけだが、出血が多い。そう伝えてくれ」

風間さんは険しい表情で、右手をだらりとさせている。傷口を押さえている左手は血まみれで、普段よりも明らかに蒼白《あおじろ》い顔をしていた。

「わ、分かりました」

手が震《ふる》えて、スマートフォンを取り落としそうになる。

僕は奥歯を食いしばり、一一九の番号を一つずつ入力した。

6

その日の午後十時過ぎ。僕は葛飾警察署のロビーで、一人ベンチに掛けていた。

何もする気になれず、ただじっと自分の手を見つめながら待っていると、廊下の方から足音が聞こえてきた。

弾《はじ》かれるように立ち上がる。ゆっくりとこちらに歩いてくる風間さんと目が合った。

スーツの上着から覗く、三角巾《さんかくきん》で吊《つ》るされた右腕が痛々しい。

「すまない、待たせてしまった。思った以上に聴取が長引いた」

「いえ、二十分前に来たので」と言って、僕は風間さんに歩み寄った。「すぐ帰りますよね。手をお貸ししましょうか」

「いや、一人で歩ける」と風間さんが玄関の方に向かおうとする。僕は慌てて彼の隣に並んだ。また風間さんが何者かに襲われるのではないか。杞憂《きゆう》と分かっていても、どうしてもその可能性を考えてしまう。

玄関前にはすでにレクサスが停まっていた。車外で待っていた運転手さんが、後部座席のドアを開ける。いつも通りの無表情だが、周囲に向ける視線にはいつになく緊張感が漂っていた。彼も、僕と同じ懸念《けねん》を抱いているのだろう。

先に風間さんに入ってもらい、あとから僕が横に座る。運転手さんは丁寧にドアを閉めてから運転席に乗り込み、いつも以上に慎重《しんちょう》に車を発進させた。

「……怪我《けが》の具合はいかがですか」

「動かすと痛みはあるが、安静にしていれば問題はない。ただ、指先に痺《しび》れがある。寒さでかじかんだ時の感覚に近い」と風間さんが冷静に答えた。

関本さんのマンションで何者かに刺された傷は、先端が骨の近くまで達するほど深かった。場所は前腕部の中ほどで、傷口は三センチ程度と、ナイフを刺して抜いただけの、いわゆる「きれいな切創《せっそう》」だった。しかし、腕の神経が傷ついている可能性が高く、十日ほどで抜糸《ばっし》はできるものの、痺れやこわばりなどの後遺症が残る恐《おそ》れもあるという話だった。

「……大変なことになってしまいましたね」と呟き、僕は「すみませんでした」と頭を下げた。

「なぜ君が謝る？　刺されたのは私が油断していたからだ。君に責任はない」

「いいえ、あります」と僕はため息をついた。「建物の内部で感じた死香について、もっと注意すべきでした」

関本さんのマンション内にはココアの死香が漂っていた。それが関本さんによるものではないことが確定した時点で、「ではどうして匂いがあるのか」という疑問についてもっと深く考えるべきだったのだ。

風間さんが襲われた理由は、おそらく関本さんに背格好が似ていたからだ。海老原さんを殺害した犯人は関本さんに対しても殺意を抱いており、自宅マンションの様子を見に来ていたのではないだろうか。たぶん、今日もマンションの近くで関本さんを待ち伏せていたのだ。そして、外に出てきた風間さんをターゲットと見間違い、襲い掛かった。それが襲撃の真相ではないかと思う。

警察署のベンチで風間さんを待つ間、僕はずっと心の痛みと闘っていた。

僕が捜査に協力したいと言い出さなければ、風間さんが怪我をすることはなかっただろう。偶然の連鎖が招いた事態とはいえ、結果的に僕のわがままが風間さんを傷つけたことになる。少なくとも、死香を感知していたのに犯人の存在を考慮しなかったのは僕のミスだ。

ただ、そのことをくよくよ後悔していても何の意味もない。今はとにかく、前を向いて進んでいく。何が悪かったのかを考えるのはそのあとでいい。

僕は落ち込みが顔や声に出ないように注意しつつ、「警察の方に、殺人事件との関連性を伝えたんですか」と質問した。

「いや、葛飾署の刑事にはその話はしなかった。説明しようにも、『目に見える』根拠がないからな。まず私の上着の死香を分析し、現場の死香のデータとの一致度を確かめた上で、曽根刑事に結果を話すつもりだ」

「ああ、それで上着をすぐにポリ袋に入れたんですね」

救急車が来るまでのわずかな時間に、僕は風間さんの周りに漂う死香について話した。すると彼はすぐさま上着を脱ぎ、血の付いた袖《そで》をハサミで切り落とした上で、密閉できる袋に丁寧に仕舞った。死香成分の揮発《きはつ》を防ぐためだ。袖を外したのは、血液中のタンパク質と死香成分との干渉《かんしょう》を防ぐためだという。ちなみに、風間さんがいつも持ち歩いているアタッシェケースには各種サイズのポリ袋が入っている。

「犯人の姿は見ましたか？」

「いや、人相は分からない。野球帽を目深《まぶか》に被《かぶ》っていたし、犯行後すぐに逃げてしまったからな。ただ、喉仏《のどぼとけ》や手の形、走り去る姿などから、まだ若い男性だろうと推測している。身長は一六五センチ前後だろう。黒の無地のパーカーに、濃紺《のうこん》のジーンズ、それにスニーカーという服装だった。二十歳未満ではないかというのが私の印象だ」

「海老原さんの同僚ではなさそうですね」

「居酒屋の方はどうだったのかね」

「死香はまったく感じませんでした」と僕は首を振った。

風間さんが病院で治療《ちりょう》を受けている間、僕は予定通りに海老原さんが学生時代に働いていた居酒屋の調査に向かった。本音を言えば動揺していたし、治療が終わるまでずっと風間さんに付き添いたかったのだが、「効率よく動くべきだ」という風間さんの言葉に背中を押される格好で病院を出発したのだった。

ただ、結果は空振りに終わった。店員さんに許可をもらい、店内をくまなく調べたが、ココアの死香はどこからも感じ取れなかった。

「店員さんからいろいろ話を聞きました。海老原さんはお客さんに人気があったそうですが、言い寄ったりしつこく付きまとったりされたことはなかったようです。念のためにまた店に足を運んで死香を確認するつもりですが、現時点ではそちら方面の関係者は容疑者から外してもいいのかなと思います」

「……そうか。となると、別の繋がりを考えなければならないな」

風間さんが座席に背中を預け、窓の外に目を向ける。高速道路の照明《しょうめい》の中で見る彼の横顔は芸術品のように美しく、そしてどこか儚《はかな》く見えた。

立ち止まってはいられない。そんな思いが込み上げてくると同時に、僕の中に気力が満ちた。

「風間さん。家に戻ったら、風間さんの上着についた死香を嗅ぎたいです。なるべく新鮮な方が、得られる情報は多くなります」

「しかし、疲れているのではないのかね」

「疲労感《ひろうかん》はありますが、頭は冴《さ》えています。死香を嗅ぎ取るのに支障《ししょう》はないと思います」

「そうか。なら、ここでやろう」

風間さんはそう言って、足元のアタッシェケースに手を伸《の》ばす。風間さんが眉根を寄せるのを見て、「あ、僕がやります」と代わりにケースを持ち上げた。体をかがめただけで、腕に痛みが走ったようだ。

「すまない」

「いえ、当然のことです」

中から、ポリ袋に包まれた風間さんの上着を取り出す。そういえば、こうして車中で証拠品《しょうこひん》の死香を嗅ぐのは初めてだ。

何度か深呼吸をして、気持ちを落ち着かせる。

風間さんはドアに体を寄せて、僕の方を見ていた。自分の匂いが死香を嗅ぎ解く邪魔にならないようにという配慮だろう。僕も自分側のドアの方に移動する。

「じゃあ、やってみます」

ポリ袋のファスナーを慎重に開け、わずかな隙間に思い切って鼻を突っ込む。

嗅ぎ慣れた風間さんの匂いの間を縫《ぬ》うように濃いココアの香りが溢《あふ》れ、一気に鼻腔に流れ込んでくる。

目を閉じ、ゆっくりと鼻から息を吸い込み、口から吐き出す。

何度かそれを繰り返すうちに、僕は小さな違和感に気づいた。いったんファスナーを閉め、嗅ぎ取った死香のイメージを頭の中に描き出す。

最近、僕は以前よりも死香を細かく嗅ぎ分けられるようになってきた。捜査協力で死香を丁寧に嗅ぐ中で感覚が鍛《きた》えられたのだろう。

とはいえ、香りを言葉で表すのは難しいし、すぐに忘れてしまう。だから、食材の様子を具体的に思い描くことで、映像として死香を記憶するように心掛けている。

死香が一つのイメージとして形を結んだところで、今度はアタッシェケースから試験管を取り出した。事件現場で採取したサンプルだ。

一分ほど待って嗅覚をリセットしてから、改《あらた》めてオリジナルのココアの死香を嗅ぐ。

両者を「嗅ぎ比べた」ことで、違和感の正体がはっきりした。

現場で採取された死香のイメージは、湯気《ゆげ》が出ている、作りたてのホットココアだ。一方、風間さんの上着に残った死香の方は、指に付いたココアパウダーを舐《な》めるイメージが浮かんでくる。

こういった違いは、時間経過で現れるものではない、というのが僕の感覚だ。死香の微妙な差を生み出す「何か」があるのだ。

「風間さん。分かりにくいと思いますが、この上着から感じるココアの死香は少し奇妙です」

自分の感覚を、あえてそのまま風間さんに伝える。無理に言語化を試みる必要はない。違いがあることを分かってもらえればそれで充分だ。

僕の説明を聞き、風間さんは顎《あご》に手を当てた。いつもと違い、右ではなく左手だ。

「……殺人犯と思われる男は、私の体にぶつかってきた。上着から漂っている死香はその際に付着したものだろう。問題は、君が感じた差が、相手由来なのか私由来なのかという点だ。後者であればあまり意味はないが、前者であれば原因を突き止めることで見えてくるものがあるはずだ」

風間さんは少し考えて、僕の方を向いた。

「すまないが、これから大学に向かいたい。成分が変化する前に、上着の死香を詳細に分析しなければならない」

「分かりました。行きましょう。作業は僕がやりますから、指示をしていただけますか。風間さんは休んでいてください」

「そういうわけにはいかない。分析作業は私の仕事だ」

「でも、その手では無理でしょう」

「む」と風間さんが眉をひそめた。

「少なくとも今日だけは任せてください」と僕は言った。「風間さんほどうまくはできませんけど、言われた通りに手を動かすことはできますから」

僕の提案をしばらく吟味《ぎんみ》し、「……分かった。やってもらうとしよう」と風間さんは神妙に言った。

「決まりですね！　じゃあ、運転手さん、お願いします」

運転手さんはいつも通り、無言で頷く。

車が高速道路の出口へと車線を変える。その時、僕の頭の中に、白衣を着て作業をする自分のイメージが浮かんできた。

風間さんの助手としてサンプルの分析をする——そんな未来を選ぶこともできる。その気づきに、僕は小さな光を見た気がした。

7

翌朝。教員室の自分の席でうとうとしていた僕は、「分かったぞ！」という大きな声で目を覚ました。

慌てて振り返ると、ちょうど風間さんが立ち上がる姿が見えた。

「……結果が出たんですか」

「ああ。ソファーで話そう」

風間さんが席を離れてソファーに腰を下ろす。その表情には確かな充実感がみなぎっていた。疲れている様子は微塵も感じられない。

時計《とけい》を見ると、午前七時半だった。僕は三十分ほど寝ていたようだ。

昨夜は風間さんの上着に付着した死香の分析を徹夜で行った。午前六時頃に分析が終わり、そのあと風間さんはデータベースの検索に取り掛かっていた。検出された成分が何に由来するのかを調べるためだ。

僕は眠気に耐《た》え切れず寝落ちしてしまったが、風間さんはおそらく一睡もしていない。信じられないタフさだ。大怪我を負《お》ったのは昨日の昼間なのだ。

彼の前で眠そうにするのはあまりに情けない。僕は頬《ほお》を叩いて気合を入れ、「聞かせてください」と風間さんの隣に座った。

「説明の前に、このサンプルを嗅いでみてほしい」

風間さんが差し出した試験管を受け取り、キャップを開けて鼻を近づける。香ってきたのは、風間さんの上着に付着していたのと同じ種類のココアの死香だった。

「パターンBのココアです」

「そうか。これではっきりしたな」と風間さんが頷く。「そのサンプルは、被害者の自宅で採取した空気に、微量の硫黄粉末《いおうふんまつ》を加えたものだ。オリジナルであるパターンAの死香成分の一部が吸着され、パターンBへと変化したようだ」

「なるほど……。その硫黄は、犯人由来のものでしょうか」

「ああ。死香に影響したのは硫黄だが、私の上着からは他にも抗炎症剤《こうえんしょうざい》や抗菌剤《こうきんざい》の成分が検出された。それらの配合比率から、付着物は市販のニキビ治療薬だと推定される。犯人が治療のために顔に塗っていたその薬剤が、襲撃時に私の上着に付いたのだ」

「ニキビ治療薬……ですか」

「それも大人用ではなく、思春期のニキビを対象とする薬剤だ。死香に変化があったということは、最初の殺人事件の際には塗っていなかったのだろう」

「となると、犯人は十代である可能性が高そうですね」

何気なく呟いた「十代」のフレーズに、引っ掛かりを覚えた。

被害者の海老原さんのプロフィールを思い出す。彼女は確か、教育学部の出身だ。学生時代は教員を目指していたと関本さんは説明していた。となれば、どこかの学校で教育実習を行っていたのではないだろうか。

「ちょっと電話します」

僕はすぐさま曽根さんに連絡を取り、海老原さんが教育実習を行っていたかどうかを調べてもらった。

五分後、曽根さんから折り返し電話があった。僕の予想は当たっていた。彼女が大学四年生の時に、葛飾区内の中学校で実習を行っていたことが判明した。対象学年は中学一年生だったという。実習は二年前だから、当時の生徒たちは現在は三年生になっている計算だ。

「新学期はすでに始まっているな」と風間さんが立ち上がる。「生徒の中に犯人がいれば、死香を感知できるだろう。足を運ぶ価値はある」

とんとん拍子《びょうし》に話が進み、さっそく出発することになった。目的地はＪＲ新《しん》小岩《こいわ》駅にほど近い、西葛飾中学校だ。

薬学部の建物を出ると、目の前に黒のレクサスが停まっていた。連絡してからまだ三分も経っていない。

さすがに早いなと感心したところで、運転席から人影《ひとかげ》が現れた。

グレーのスーツに、寸分の狂《くる》いなく七三分けに整えられた髪。微笑みを浮かべているが目つきは鋭《するど》く、うかつに近づくことをためらわせる、剣呑《けんのん》な気配をまとっていた。

車を運転していたのは、いつものちょび髭の運転手さんではなかった。彼の名前は砥《と》羽《はね》さんという。風間家に仕える使用人の一人だ。

「……どういうことだ、砥羽」と風間さんが睨む。

「旦那様《だんなさま》からのご指示です」と、感情のない声で砥羽さんが答える。「しばらくの間、私が送迎役を受け持つことになりました」

「私はそんなことは望んでいない。責任を取らせるような真似はすべきではない」

「それでは示しがつかないと旦那様はお考えなのでしょう。本人の今後のためでもあります。実際に責任があるかどうかはともかく、謹慎《きんしん》という罰を受けることで、わだかまりなく元の仕事に戻ることができます。納得できない部分もあるかと思いますが、ここは受け入れられた方がよろしいかと存じます」

しばし、二人が無言で視線をぶつけ合う。やがて、風間さんは車の方に歩み寄った。この場で議論をしても時間の無駄になるだけだと判断したのだろう。

僕たちが後部座席に乗り込むと、砥羽さんはゆっくりと車を発進させた。

運転は丁寧だが、車内には緊張した雰囲気が満ちていた。いつもなら移動中に事件に関する議論を行うのだが、さすがに口を開くのはためらわれた。僕も風間さんも無言で外の景色《けしき》を眺《なが》めて時間を過ごした。

午前九時過ぎ。僕たちは西葛飾中学校の正門前で車を降りた。すでに生徒たちは登校を済ませているようで、人影は見当たらない。

敷地内《しきちない》に入ったところで足を止め、匂いを嗅ぐ。ココアの死香はまったく感じられないが、外なので拡散しているだけかもしれない。

受付に向かい、名刺を出して事件の捜査であることを伝える。応対してくれたのは、三年の学年主任を務める中年の男性教員だった。

彼に同行してもらい、昇降口を調べることになった。

「どうだ？」と風間さんに小声で訊かれ、僕は首を振った。屋内なら、と期待したがこちらも死香は皆無だ。

僕たちの推理は外れていたのか……。

肩を落としかけた時、「今日、学校に来なかった三年生がいないか知りたい」と風間さんが唐突に言った。

「……一人、休んでいる生徒がいます。一組の森内《もりうち》昴流《すばる》です」と、男性教員はやや困惑した様子で言った。「実は彼は今日だけではなく、今年に入って一度も登校していません」

「不登校の原因は？」

「我々も調査しましたが、いじめの事実は確認できませんでした。どうも、周囲になじめなかったようです。クラスで孤立したことで学習意欲を失ったのだろうと思いますが……。森内が何か問題を起こしたのでしょうか」

「それを今から確かめます」と僕は言った。「森内くんの家の住所を教えていただけますでしょうか」

こちらの要求に、男性教員が「それは……」と難色《なんしょく》を示す。それでも粘《ねば》り強く交渉を続け、なんとか住所を聞き出すことに成功した。

再び車に乗り込み、教えてもらった住所へと急ぐ。

車内の空気は相変わらず重く、誰も言葉を発しようとはしない。せめて換気《かんき》をしようと思い、窓を開けた。

車はすでに住宅街に入っている。狭い路地を、時速二〇キロメートル程度でそろそろと進んでいく。

前方から、帽子を被った、パーカー姿の少年が近づいてくる。

彼とすれ違った時、僕は「止めてください！」と思わず叫んでいた。パターンBのココアの死香を感じたからだ。

「どうした、桜庭くん」

「今すれ違った男の子が、森内くんかもしれません」

僕の言葉に、風間さんの表情がぐっと険しさを増す。

「停めてくれ、砥羽」

風間さんの指示に、すかさず砥羽さんが反応する。

路肩に車が停まると同時に、僕は外へと飛び出した。

少年は一〇メートル先を歩いている。僕は両手を口の脇《わき》に添え、「森内昴流くん！」と大声で呼び掛けた。

それに反応し、少年が振り返る。ひそめられた細い眉に、真一文字に結ばれた薄い唇。そして、左頬にできた複数のにきび。探していた相手が目の前にいることを僕は確信した。

「ちょっといいかな」

相手を刺激しないように、ゆっくりと彼の方へ近づいていく。と、そこで僕の前に風間さんが躍《おど》り出《で》た。

「相手が凶器を持っている可能性がある。近づくのは危険だ」

「それは僕のセリフですよ。その怪我じゃ、とっさの時に機敏《きびん》に動けないでしょう」

風間さんを見て、「あっ」と森内くんが目を見開いた。自分が襲った相手だと気づいたらしい。

彼が慌てて踵《きびす》を返す。

その瞬間、森内くんの目の前に灰色の影が出現した。砥羽さんだ。さっきまで車にいたはずなのに、いつの間に先回りしたのだろうか。驚嘆すべき素早さというしかなかった。

砥羽さんが森内くんの腕を摑み、容赦なく路上に組み伏せる。

「は、放せ!」と叫ぶ森内くんを無視して、砥羽さんは彼のパーカーのポケットをまさぐった。

「ほう、立派なものを持っているな」

そう言って砥羽さんがポケットから抜き出したのは、折《お》り畳《たた》み式のナイフだった。

「少々お灸《きゅう》をすえる必要がありそうだ」

胃の底が冷たくなるような低い声で言い、砥羽さんが森内くんの右腕をひねり上げる。

静かな住宅街に、「うわああーっ!」と叫び声が響き渡る。

「やりすぎだ、砥羽!」

風間さんが怒鳴りつけると、「こう見えても、私は怒っているのです」と砥羽さんが呟いた。「使用人として、私は風間家の皆様の健康を願っています。それを壊そうとした人間を許すことは到底できません」

砥羽さんは完全に無表情だったが、こめかみには青々しい血管が浮き出ていた。

「その気持ちはありがたいが、正当防衛《ぼうえい》の範囲《はんい》を逸脱《いつだつ》すれば面倒なことになる。加減を間違えてはいけない」

「その辺は心得ております。どうぞ、警察にご連絡を」

砥羽さんは涼《すず》しい顔で森内くんの腕をねじり上げている。森内くんは歯をくいしばり、涙を流していた。

警察を呼ぶ前に、僕は森内くんのそばにしゃがみ込んだ。その華奢《きゃしゃ》な体には、甘ったるく感じるほど濃いココアの死香がまとわりついていた。

8

「――では、私はこれで」

曽根さんがソファーから立ち上がる。

「どうも、ありがとうございました」

僕はお礼を言って、教員室の出入口まで一緒に向かった。

「少し心配ですね」

曽根さんが、風間さんの机の方を見てぽつりと言った。今日は風間さんは病院に行っている。右腕の怪我の回復具合を診《み》てもらうためだ。

「大丈夫だと信じています。万が一後遺症が残ったとしても、風間さんならそれをねじ伏せていくと思いますから」

「そうですね」と曽根さんが微笑む。「風間先生からは、怪我の完治を待つ必要はないと言われました。また研究に有用そうな事件があったらご連絡します」

「はい。引き続きよろしくお願いします」

曽根さんを見送り、僕は自分の席に座った。

一人になると、自然とため息がこぼれ落ちた。

森内くんが逮捕されてから一週間が経った。取り調べが一段落したということで、曽根さんには今回の事件の最終報告のために来てもらった。

ある程度予想はしていたが、曽根さんの口からは重い事実が語られた。

今年の一月、森内くんは散歩中に海老原さんを見掛けたのだという。関本さんの自宅は、森内くんの家から数百メートルのところにある。海老原さんは関本さんに会いに来ていたのだろう。

「海老原先生のことを、仲間だと思っていました」

取り調べで彼はそう語った。

二年前、海老原さんは教育実習で森内くんのクラスにやってきたのだが、授業中に私語を注意された生徒が逆切れし、彼女への嫌がらせが始まった。物音を立てて授業を妨害したり、板書中に背中に消しゴムを投げたり、悪い噂をＳＮＳで流したり……嫌がらせは実習期間中ずっと続き、海老原さんは何度も生徒の前で涙を流した。それがきっかけで、彼女は教員になることを諦《あきら》めたようだ。

海老原さんのことを森内くんは覚えていて、学校になじめずに不登校になった自分と重ね合わせて、一方的に親近感を抱いていた。

だから、偶然の再会に森内くんは運命を感じた。もしかしたら、優しい言葉を掛けてもらえるかもしれない。自分が抱えた傷を癒《い》やしてくれるのでは。そんな期待を抱いて、

森内くんは海老原さんを尾行し、彼女の自宅を突き止めた。

森内くんは海老原さんが未《いま》だに挫折《ざせつ》を引きずり、辛い人生を送っていることを願っていた。しかし、実際は真逆だった。海老原さんはきちんと毎日会社に行き、休みの日には恋人とゆったりした時間を過ごしていた。

　森内くんは絶望し、自殺する決心を固めた。もともと自殺願望があり、ギリギリのところで踏みとどまっていたのだが、仲間がいるという思い込みが打ち砕かれたことが決定打になったのだろう。

　ただ、その前に付きまとったことを謝りたい。そんな気持ちで、彼は海老原さんの自宅を訪ねた。

　取り調べでは「謝罪のため」と語ったようだが、森内くんは慰めの言葉を期待していたのではないかと思う。「死なないで」と言ってほしかったのだ。

海老原さんは森内くんを追い返すことなく、部屋に上げた。

森内くんの話をじっくりと聞き、そして海老原さんはこう言い放った。「死にたければ死ねばいい。それが、人を傷つけた報《むく》いだ」と。

彼女は教育実習で受けた仕打ちを忘れておらず、当時の生徒たちへの恨《うら》みを心の底に隠して生きていた。森内くんがいじめに加担したかどうかは関係なかった。彼女は教室にいた全員を憎んでいたのだ。

予想外の言葉に森内くんは動揺し、自殺するために持っていたビニールひもで海老原さんの首を絞めて殺した。

森内くんは現場を逃げ出し、自宅に戻った。そして、自分の犯した罪の大きさに恐れおののいた。

人を殺してしまった以上はもう死ぬしかない。ただ、どうせ死ぬなら、その前に交際相手も殺してやろう。自暴自棄《じぼうじき》な思考の果てに、彼はその結論に至った。交際しているのに海老原さんのトラウマを放置していた。だから、自分は彼女を殺す羽目になったのだ——そんな支離滅裂《しりめつれつ》な理屈で関本さんを逆恨みしたらしい。

翌日《よくじつ》から、森内くんは関本さんのマンションを見張るようになる。そして、あの日たまたま外に出てきた風間さんを関本さんだと勘違《かんちが》いし、ナイフで襲い掛かった。

以上が事件の全容だった。

犯行の動機に関して、あれこれ議論しようというつもりはない。本人の証言を信じるなら、殺意ありきで起こした事件ではないことになる。風間さんの怪我のことを含め、悪い意味で歯車が噛み合ったことで起きた、不幸な事件だったように思う。

森内くんが未成年であることから、事件の詳細については報道されない方向で調整が行われているようだ。それはそれでやむを得ない判断だろう。ただ、「なかったこと」にするのは違うと思う。できれば、学校に馴染《なじ》めないでいる生徒に対するケアを考える契機《けいき》にしてほしい。それが事件に関わった者としての唯一の願いだ。

人の死が絡む事件の調査では、いくらスパッと解決できたとしても、もやもやした感情は残る。受け止めることはできるようになってきたが、平常心を保てるわけではない。正直なところ、やけ酒を飲んで何もかもを一時的に忘れたいくらい、心が痛い。

それでも、これからも捜査への協力を止めるつもりはない。僕は死香という、事件解決の鍵になりうる能力を持っている。望んで手に入れたわけではないが、それを眠らせたままにすることはできそうにない。

ちらりと時計を見る。まだ風間さんからの連絡はない。怪我の治り具合はどうなのか。早く知りたい気持ちはあるが、今はじっと待つしかない。

もし治療が長引く場合は、どうすべきなのか。

片手でのサンプル採取には限界がある。思い通りにいかない場面の方が多いだろう。

スイッチを押すだけで自動でサンプル採取が行える機械を使えば解決するが、風間さんは手動にこだわりを見せている。そのポリシーを守るのであれば、僕が手伝うという手もある。

風間さんは毎日のようにサンプル採取を行う。そのすべてに同行するとなれば、生活そのものを見直さなければならないだろう。少なくとも、フリーターという働き方を続けるのは難しくなる。それでも構わない。僕は風間さんをサポートしたいと思っている。

ただ、今すぐ自分の気持ちを風間さんに伝えるのは、さすがに時期尚早《しょうそう》だろう。考えを整理してから話をした方がいい。

将来のことを考えていたら、心を覆っていたもやが少し晴れた気がした。

僕は立ち上がって軽く屈伸し、溜《た》まっていた事務作業に着手した。

9

会計を済ませ、風間由人は病院をあとにした。

ここに来る時は晴れていたが、今は空の半分以上を灰色の雲が覆っている。天気は下り坂のようだ。大学に着く頃には雨が降り出しているかもしれない。

駐車場へと続く通路を歩きながら、右手の指先を動かしてみる。五本の指のうち、親指以外の四指に違和感がある。特に人差し指と中指はまったく指を曲げることができない。動かそうとしても、先の方がぴくぴくと震えるだけだ。

傷口はほぼ塞《ふさ》がり、今日で抜糸が済んだ。ただ、機能面ではあまり改善が見られていない。「一過性の麻痺《まひ》であれば数週間で回復するはずです。もうしばらく様子を見て、治療方法を考えましょう」と担当医は言っていた。極端《きょくたん》に回復が遅れた場合は、手術による神経修復を試みることになるようだ。

今後の見通しは不透明《ふとうめい》だが、悩む必要はないと風間は割り切っていた。起きてしまったことはどうしようもない。不便さと折り合いをつけながら、今まで通りの生活を送る努力をする。そのことだけを考えるつもりだった。

「――回復の具合は思わしくないようね」

ふいに聞こえた声に顔を上げる。そこにいたのは、姉の倫だった。足先が隠れるほど丈の長い、黒のワンピースに身を包んでいる。

右手を腰に当てて涼しげに微笑むその表情には、自分は特別なのだという優越感がありありと表れていた。

「……砥羽が私の運転手になった時点で、お前が私の前に現れることは分かり切っていた」と風間は姉を睨んだ。砥羽は本来は倫の運転手を務めている。こちらの動向は倫に筒抜《つつぬ》けだったのだろう。

「用件は分かるかしら」

「……父さんから話は聞いた。私のことをこそこそと嗅ぎ回っていたようだな」

「由人じゃないわ。私が知りたかったのは潤平のこと」

「桜庭くんに手を出すなと忠告したはずだ。彼を困らせるような真似は許さん」

「困らせたいわけじゃないの。ただ、私は彼の秘密《ひみつ》を知りたかっただけ」と倫が口の端を持ち上げる。「由人が必死になる理由は分かるわ。彼は特別だから」

「……お前が何を知っているというんだ」

「死者の放つ匂いを、食材として感知する能力……でしょう？」と倫が楽しげに言う。

「父さんから聞き出したのか」

「あの人も、由人たちのことを調べていたでしょう？　それなのに急に手を引いたから、何かあったのが分かった。だから『交渉』したの。潤平の秘密を話してくれないと、会社の株価が半分になるわよ、ってね」

風間は舌打ちした。姉は自由奔放に暮らしている。生きていく中で、風間家の恥《はじ》になるようなスキャンダルをいくつも巻き起こしてきたのだろう。それらは父親が手を回し、表に出ないように封じ込めてきた。もし明るみに出れば、株価への負の影響は避けられない。

目的のためなら手段を選ばない。それが倫という人間だ。風間の父は誰よりもそのことを理解している。だから、事実を明かすしかないと判断したのだ。

「由人が警察の捜査に協力しているのは、死香のサンプルを集めるためだったのね」

「それはお前には関係のないことだ」

　これ以上言葉を交わしても何の得にもならない。風間はまっすぐに前を向いたまま、姉の横を通り過ぎた。

「——あなたは、潤平を本当に愛《あい》しているの？」

　倫の問いに、足が止まる。

「……我々の関係を、愛という曖昧《あいまい》な概念で語ることはできない」風間は振り返らずに言った。「私は死香研究に残りの人生を捧げることを誓《ちか》った。桜庭くんは私にとって、かけがえのないパートナーだ」

「あくまで評価の視点は、研究なのね」

　倫は失望したように呟き、「潤平が可哀想《かわいそう》だわ」とため息をついた。

「部外者のお前に何が分かる」

「外にいるからこそ、客観的に見ることができるの」と倫は即座に反論した。「由人は潤平を研究の材料だと考えているのね。だから大切にしたいと感じるのよ」

「勝手なことを言うな！」

　風間は思わず声を荒らげた。昔からこうだ。飄々《ひょうひょう》と自分の意見をぶつけてくる姉を相手にすると、どうしても苛立ちを抑えきれなくなる。

「死香のことを知る前から、私は潤平を特別な存在だと感じていたわ。あなたが彼を雑に扱うのなら、私が代わりにパートナーにならなくちゃって思うくらい」

風間はそこで初めて振り返った。倫は笑みをたたえながら、まっすぐに風間を見つめていた。

「……桜庭くんがそんなことを望むはずがない」

「声に力が入っていないわね」と倫が腕を組む。「由人も気づいたのね。自分が潤平を一人の人間として見ていなかったことに」

「くだらない決めつけだ」

「そうね。証拠はない。だから、私の考えが正しいか間違っているか、由人自身が判断すればいいわ。時間をかけて、じっくり悩んで」

倫はそう言うと、「お大事に」の一言を残して踵を返した。

その背中がゆっくりと離れていく。

「……くだらないことを」と風間は首を振った。

その時、急に冷たい風が吹いた。

数秒遅れて、大粒《おおつぶ》の雨が勢いよく降り始める。

通路の天井に雨音が当たる音が響いている。まるでラジオのチューニングに失敗した時のノイズのようだ、と風間は思った。

あの女の言い分は的外《まとはず》れだ。何もかも間違っている。風間は雨音の中、心の中で何度も繰り返した。

だが、どれだけ否定の言葉を重ねても、自身の奥底に沈んでいる不快感《ふかいかん》を打ち消すことはできなかった。

第二話

深き森に眠る死と、乱れた香り

1

どこまでも、果てしない緑が広がっている。

生《お》い茂《しげ》った木々が頭上を覆《おお》い、日差しの大半は遮《さえぎ》られていた。自然が生み出す光と影のコントラストが揺《ゆ》れ動く様子は、それそのものが一つの映像作品になりそうな美しさがあった。

高い声で小鳥が啼《な》き、そこに風が優しく枝葉を揺らす音が重なる。自分が足元の枯《か》れ葉《は》を踏《ふ》む音やクマよけのベルの音が加わると、即興《そっきょう》のジャズのようになる。

寺前恭輔《てらまえきょうすけ》は森の雰囲気《ふんいき》が好きだった。音、温度、湿気、そして匂《にお》い。似《に》たような景《け》色《しき》が延々と続いていても、飽《あ》きるということはない。

寺前は年に数十回はこうして森に足を運ぶ。いつも一人きりだ。誰《だれ》かを同行させたことは一度もない。

と、そこで寺前の前を何かがよぎった。

ツキノワグマかと身を固くしたところで、つぶらな瞳《ひとみ》と目が合った。

そこにいたのは、一頭のニホンジカだった。鼻を小刻《こきざ》みに揺らしつつ、じっとこちらを観察している。ずいぶんと人に慣れている様子だ。ここは人家から離れているが、寺前のように足を踏み入れる人間はいる。もしかしたら人から餌《えさ》をもらったことがあるのかもしれない。

「悪いな、お前にやれるようなものは持ってないんだ」

両手を広げてみせると、ニホンジカはくるりと尻《しり》を向けて森の奥《おく》へと走り去った。

息をつき、再び寺前は歩き出した。今のように野生動物と遭遇《そうぐう》することもたまにある。そのほとんどはニホンジカかニホンカモシカだ。イノシシやイタチ、テンに出会ったこともある。幸い、クマにはまだ遭遇したことがない。

森を歩くことには様々なリスクが伴《ともな》う。クマに襲《おそ》われる危険性もそうだし、ダニに咬《か》まれて命に係《かか》わる感染症に罹《かか》る恐《おそ》れもある。遭難することもありえなくはないし、怪我《けが》や急病で身動きが取れなくなることも起こりうる。

それでも寺前はフィールドワークを続けている。これはただの散策ではない。ひと気のない場所にしか存在しない、「あるもの」を探し求めて森を歩いている。

このエリアに足を運ぶのは半年振《ぶ》りだった。目印のために木に巻き付けた白い紐《ひも》は朽《く》ちることなく残っている。それを頼りに、前回の訪問で収穫《しゅうかく》があった場所を目指す。

しばらくすると、森を吹き抜ける柔《やわ》らかな風の中に独特な匂いを感じた。タンパク質が変質し、崩壊《ほうかい》していく際に生まれる強烈《きょうれつ》な香《かお》り……。微量《びりょう》であっても間違うことはない。明らかに死臭だった。

「今回も当たりか……？」

記憶《きおく》にこびりついた匂いに、心臓《しんぞう》が高鳴り始める。急ぎたくなる気持ちをぐっと抑え、足元を確かめながら慎重《しんちょう》に進んでいく。

やがて寺前の視界に、一つの塊《かたまり》が現れた。

森の色合いから外れた、人工の黄色と青。樹齢《じゅれい》百年以上と思われる立派《りっぱ》な広葉樹の根元に、男性がうつ伏《ぶ》せに倒れていた。

すでに絶命していることは一目で分かった。腐敗《ふはい》はかなり進み、手首や足首などは骨が見えている。

男はジャンパーを着ていた。まだ寒い時期にここにやってきたのだろう。傍《かたわ》らには、ラベルがぼろぼろのガラス瓶《びん》が転がっている。薬を飲んで無理やり眠り、そのまま凍死《とうし》したものと推測《すいそく》された。

「……こんなところで、寂しかっただろうに」

寺前は遺体《いたい》に向かって手を合わせ、死を選ばざるを得なかった男の冥福《めいふく》を祈った。

「ちょっと見せてもらうよ」

寺前はマスクとゴム手袋を着用し、遺体に近づいた。

じっくりとそれを眺《なが》めるうちに、自然と頬《ほお》が緩《ゆる》む。まさに自分が求めていたものが目の前にある。その喜びが全身を巡《めぐ》っていた。

「ありがたい、ありがたい」

濃密《のうみつ》に立ち込める死臭の中、寺前は笑顔でそう呟《つぶや》いた。

2

四月二十二日、月曜日。僕は研究室に届いた郵便物の仕分けをしていた。

時刻《じこく》は午前十時。教員室にいるのは僕一人だ。風間《かざま》さんは講義で席を外している。

「お、来てるな」

郵便物の中に、僕宛てのものが一通あった。送り主は大阪《おおさか》にある国立大学の研究室だ。

さっそく中身を確認する。Ａ４サイズの封筒の中には、学術論文のコピーが入っていた。全部で十ページほどだ。

東京《とうきょう》科学《かがく》大学の図書館では各種専門雑誌を定期購読しているが、すべての刊行物を網羅《もうら》しているわけではない。論文が掲載《けいさい》される専門誌は、科学系に絞《しぼ》っても国内外合わせて三千誌を超《こ》えるという。その大半が、料金を払って購入する形になっている。図書館の予算には上限があるので、購読できる数には限りがあるのだ。

それらの「読めない文献《ぶんけん》」をカバーする仕組みとして、購読している他の大学に複写を依頼《いらい》するという仕組みがある。この文献のコピーはそれを使って入手したものだ。

この四月から、僕は研究室の秘書のアルバイトの回数を増やした。それまで水・土曜の週二回だったのを、月・水・土曜の週三回に変更した。

それに伴い、仕事の幅も少しずつ広げるようにしている。この文献入手も新たに加わった作業の一つだ。学生さんから依頼を受け付け、取り寄せを代行している。

無事に文献が手に入ったので、さっそく依頼人に届けることにした。

教員室を出て、隣接する実験室に向かう。

実験室は横長で、六帖《じょう》間を三つ並べたような形をしている。作業用の実験台や分析《ぶんせき》機器を載《の》せた台が所狭《ところせま》しと並んでおり、学生さんたちが真剣《しんけん》な表情で実験に勤《いそ》しんでいる。なお、今年度の研究室の学生は全部で八人だ。

出入口のところから室内を見回していると、小柄《こがら》な女性が近づいてきた。丸岡萌奈美《まるおかもなみ》さんだった。彼女はこの四月から博士課程に進学した。唯一の博士課程在籍者《ざいせきしゃ》で、学生さんの中では最年長になる。ただ、目がくりっとしていて幼い顔立ちなので、実年齢《じつねんれい》よりかなり下に見える。

「おはようございます、桜庭《さくらば》さん」

「あ、おはようございます。これ、頼まれてた文献が届きました」と僕はコピーを差し出した。今回の依頼人は彼女だ。

「ありがとうございます」と丸岡さんが笑みを浮《う》かべる。その穏《おだ》やかな表情に、ずいぶん印象が変わったな、と僕は思った。

実は昨年の秋ぐらいまで、僕は丸岡さんから一方的に敵視されていた。彼女は風間さんに心酔《しんすい》しており、サンプル採取《さいしゅ》に毎回のように同行する僕に対し嫉妬心《しっとしん》を抱いていたのだ。「分析化学の専門家でもないくせに、なんで風間先生とべったりなの？」と憤《いきどお》っていたわけだ。

彼女とのぎくしゃくした関係は半年以上続いたのだが、風間さんがうまく説明してくれたおかげで今は改善されている。

「じゃ、僕はこれで。研究頑張ってください」

笑顔を返し、実験室を出ようとしたところで、「あの、ちょっと」と袖《そで》を引かれた。

「話があるんで、教員室の方に行ってもいいですか。今、桜庭さんだけですよね」

「ええ、どうぞ」

気軽な感じで頷《うなず》いたものの、これは何かあるぞと思った。丸岡さんの表情は妙に真剣だ。わざわざ誰もいないところを選ぶところを見ると、他の学生には聞かれたくない話題なのだろう。

二人で教員室に入り、ソファーに腰を下ろす。

「どうされたんですか」と僕は切り出した。

「……木下《きのした》くんのことなんですけど」

木下くんは今年分析科学研究室に加わった、四年生の男子学生だ。挨拶《あいさつ》以外の会話をしたことはまだないが、今のところは、寡黙《かもく》で控《ひか》えめという印象を持っている。こちらの問い掛けに、視線《しせん》を外してぼそぼそと答えていた姿が記憶に残っていた。

「彼がどうかしたんですか？」

「私が彼の教育係なんですが、どうにもやる気がないみたいで。実験機器の使い方を覚えようとしないし、実験ノートの記述はスカスカだし、こちらが注意しても生返事ばかりだし……。今は基礎を身につけなきゃいけない時期なんですけど」

「なるほど。ちなみに、今までにも後輩の指導を担当したことはあるんですか」

「去年もやりました。その子は、素直《すなお》に言うことを聞いてくれたんですけどね……」と丸岡さんがため息をつく。

「相性《あいしょう》なんじゃないですか」と僕は思ったことを口にした。

丸岡さんは生真面目《きまじめ》で、何事もきっちりマニュアル通りにやりたがるタイプだと思う。指導方法として間違っているわけではないが、細かい部分まで指示されることに抵抗を感じる学生もいるだろう。

「それもなくはないんでしょうけど、そもそも人付き合いが苦手なのかなって気もしてます。彼って、研究室のメンバーとまったく交流しようとしないんです。昼休みになると早々にどこかに消えるんですけど、お昼ご飯に誘《さそ》われるのを警戒《けいかい》して、声を掛けられる前に逃《に》げてるんだと思います」

「うーん。それとやる気のなさはまた別の話じゃないですか」

人嫌《ひとぎら》いでも優秀な研究者はいるだろう。そもそも風間さんだって、他者とのコミュニケーションに積極的とは言い難い。学生さんと食事を共にするのは歓送迎会くらいで、思い付きで学生を誘って街に飲みに繰《く》り出《だ》すようなことはしない。

「人付き合いがどうこうというより、木下さんの態度からは、研究そのものへの興味《きょうみ》のなさを感じます」と僕は言った。

「桜庭さんもそう思います？……困ったなあ。どうすればいいんだろ」

丸岡さんが顔をしかめて頭を掻《か》く。後輩への指導で苦悩《くのう》しているのが伝わってくる。

「差し支えなければ教えてもらいたいんですけど、どうしてこの話を僕に？」

気になっていたことを尋《たず》ねると、「研究室のメンバーの中で一番適任だと思って」と丸岡さんは言った。「後輩に相談するのは情けないし、風間先生には弱音を吐《は》きたくないんです。そうなると、桜庭さんが唯一《ゆいいつ》頼れる人かなって」

「えっ、そうですか？　僕は研究に関しては完全に素人《しろうと》ですけど」

意外な評価に驚《おどろ》いた。以前、学生さんたちが僕のことを「風間先生の恋人」だと勘違《かんちが》いしていると聞いたことがある。そんな風に思われてしまったのは、僕が素人だからだ。風間先生のお気に入りだから秘書に採用された――そんな風に判断されたのだろう。

「経歴は確かにそうですけど、人間的な面では信用できると思っています。じゃないと、風間先生がパートナーに選ぶはずがないです」

丸岡さんは真剣な表情でそう言った。敬愛《けいあい》する風間先生が重用《ちょうよう》するのだから、立派な人間に違いない。なるほど、その理屈は納得《なっとく》できるものだ。

せっかく頼ってもらったのだ。ただ話を聞くだけではなく、彼女の役に立ちたいと思う。「僕が木下さんと話してみましょうか」と思いついたことを提案《ていあん》した。

「桜庭さんがお一人で、ですか」

「ええ。僕は研究からは一歩引いたポジションにいますし、教員でもありませんから。比較的《ひかくてき》本心を打ち明けやすい立場かなと」

「それはありがたいお話ですけど……。お願いしちゃってもいいんですか」

「逆効果になっちゃうリスクもありますけど、それでもよければ」

「そこは大丈夫な気がします。なんとなくの印象ですけど」と丸岡さんがソファーから立ち上がる。「まだ風間先生が戻られるまで少し時間がありますね。今ここに木下くんを呼んできても構いませんか」

「いいですよ」と僕が頷くと、ウサギのような素早さで丸岡さんが部屋を出ていった。

待つこと五分ちょっと。再び教員室のドアが開き、丸岡さんが短髪の男子学生を連れて戻ってきた。木下くんだ。

彼の太くて濃い眉《まゆ》の間には、これまたはっきりしたしわが浮かんでいた。困惑《こんわく》したその表情を見れば、彼が無理やり連行されてきたことは明白だった。

「木下くん。しっかり言いたいことを言ってね」

丸岡さんは木下くんの背中をポンと叩《たた》くと、僕に会釈《えしゃく》をして部屋を出ていった。

急に二人きりになり、気まずい沈黙《ちんもく》が訪れる。

僕は笑顔を作り、「座って話しましょうか」とソファーを勧めた。

「はあ」と低い声で応じ、渋《しぶ》い表情で木下くんは僕の向かいに腰を下ろした。

「歓迎会で挨拶させてもらいましたけど、ちゃんと話すのはこれが初めてですね」

「あの、なんで丁寧《ていねい》な口調なんですか」と木下くんが怪訝《けげん》そうに訊《き》く。「俺の方が年下ですよね」

「自分なりに学生さんをリスペクトしているので」と僕は答えた。「研究活動に励《はげ》んでいる人はすごいと思いますよ」

「……なんか、逆に嫌《いや》みに聞こえますね」

木下くんが横を向いてぼそりと呟く。

「どういう意味ですか？」と僕は冷静に尋ねた。

「丸岡さんからいろいろ聞いてるんでしょ。俺が真面目に実験してないことを知ってて、それでさりげなく注意するように頼まれたんじゃないですか」

なるほど、丸岡さんの意図はよく理解しているというわけか。そして、自分の態度がよくないことを理解して、それに対して負《お》い目《め》も感じているようだ。それなら変にオブラートに包む必要はない。率直に話をすればいい。

「注意というより、情報収集の方が正しいですね。丸岡さんは木下さんがそういう態度を取っている理由を知りたがっています。どうやら、自分の指導が悪いんじゃないかと悩んでいるようですね」

「え、それは違います」と木下くんが慌《あわ》てて否定する。「真面目すぎてやりづらいなって時はありますけど、丸岡さんは何も悪くないです。これは俺自身の問題なんで」

「ご自身の問題というのは、プライベートなことでしょうか」

「……気持ち的なことではありますけど」

「もしかして、研究室での生活が予想と違っていたんでしょうか」

僕は思いついたことをずばりと口にした。

これまでフリーターとして働く中で、アルバイトを初日で辞めてしまった人たちを幾度となく目にしてきた。早すぎるリタイアの理由の多くは、ギャップだ。仕事の内容が思い描いていたものと大きく異《こと》なっていたため、「無理だ」と即断するに至《いた》ったのだ。

木下くんも似たような心境《しんきょう》なのではないだろうか、というのが僕の読みだった。

「予想と違うというか……予想通りだったというか」

木下くんは小さく首を振り、「桜庭さんは、研究室選びの仕組みを知ってますか」と質問を投げ掛けてきた。

「ある程度は。三年生の秋から年明けにかけて研究室見学や研究内容紹介の催《もよお》しが開かれて、そのあと、二月半ばに卒業研究を行う研究室を選ぶんですよね」

「そうです。ただ、全員が行きたいところに行けるわけじゃないんですよ。定員がありますから」

人数制限が設《もう》けられているのは、指導できる学生の数に限度があるからだ。それプラス、スペースの問題もある。

「進学希望者が定員に達したらどうなるんですか？」

「くじ引きで決めます。で、くじに外れたら別の研究室を選ぶことになります」

木下くんが暗いトーンでそう教えてくれた。その様子ですぐにピンときた。

「木下さんは、他の研究室に行きたかったんですね」

「そうです。自分としてはゲノム編集の研究室に行きたかったんですけど、くじを外してしまって。似たような研究をやっているところを選べたらよかったんですけど、どこも定員に達してて、どうにもならなかったんです。あとはもう、行きたいなと思える研究室が残っていませんでした」

「それはアンラッキーでしたね」と僕は神妙に言った。「残った選択肢《せんたくし》から分析科学研究室を選んだのはなぜですか？」

　風間さんは学生から「切れ者」として一目置かれる存在なのだが、研究室への志望者数は必ずしも多くはない。薬学において、分析科学という分野がどちらかと言えば地味だからだろう。

　分析は病気の診断《しんだん》や治療方針《ちりょうほうしん》の決定に欠かせないものだ。ただ、再生医療とか革新的新薬の創出《そうしゅつ》とか、分かりやすい目標を掲《かか》げている研究室の方が学生の人気は高い。

　あえてこの研究室を選ぶのには何か特別な理由があるはずだ。

「深い考えがあるわけじゃないです。化学合成は危険だから嫌だし、動物や虫が苦手なんで生き物を扱うところは選べないし、計算科学系も興味が持てないし……って感じで消していった結果、ここになったってだけなんです」

「そうだったんですか……」

「すみません、しょうもない理由で研究室に入ってしまって」

「済んだことは気にしても仕方ないですよ」と僕は柔らかく聞こえるように言った。

「それより、これからのことを考えた方がいいですね。たぶん、風間先生は木下さんに無理やり研究をやらせようとはしません。一番いい方針を一緒に模索《もさく》してくれると思いますよ」

「でも、先生にこんな話をするのはちょっと……」

「怖《こわ》いですか」

「……そうですね。風間先生はいつもクールで声を荒らげることはないですけど、やっぱり雰囲気が……なんというか、近寄りがたい感じです」

大丈夫ですよ、と口にしかけたところで、僕は思いとどまった。

そういえば、ここ最近の風間さんは微妙《びみょう》に様子がおかしい。以前より口数が減り、考え込む時間が増えたように感じる。今までは僕との食事の席で楽しそうに研究の話をしてくれたのに、それもなくなった。右腕《みぎうで》の怪我の回復具合が思わしくなく、それでピリピリしているのかもしれない。

「じゃあ、僕の方から風間先生に伝えましょうか」と僕は提案した。その方が木下くんは気分が楽になるだろう。

「……そのあとはどうなります？」

「今後に関わる大事な話なので、風間先生との面談になると思います。でも、事前に先生の考えが分かっていれば、心の準備もしやすいんじゃないかと。どうでしょうか」

僕の提案に木下くんがしばらく黙り込む。じっと返答を待っていると、「……分かりました」と彼が覚悟《かくご》を決めてくれた。「お願いします」

「では、なるべく早いうちに。悪いようにはならないと思います。リラックスして待っていてください」

はい、とぎこちなく微笑《ほほえ》み、木下くんが教員室を出ていった。

僕は自分の席に座り、ふうっと息をついた。

学生さんからの相談を受けたのはこれが初めてだった。木下くんの不安を完全に取り除《のぞ》けたわけではないが、部屋に入ってきた時よりは表情が柔らかくなっていた。一応は成功と評価してよさそうだ。

秘書の仕事に決まった範囲《はんい》はない。研究室のスムーズな運営に役立つことなら、なんでもやるべきだと個人的には思う。そう解釈《かいしゃく》するならば、今のような相談対応も僕の役割ということになるだろう。慣れないことをやったので精神的に疲《つか》れたが、ひと仕事やり終えたという充実感があった。

だが、まだ次がある。風間さんに木下くんの気持ちを伝えるところまでが僕の役目だ。

僕は木下くんの話を思い返しつつ、要点を手元のメモ帳に書きつけていった。

3

それから四十分後。風間さんが教員室に戻ってきた。

「お疲れ様です。ちょっとお話が」

さっそく木下くんの現状を伝えようと声を掛ける。すると風間さんは、「悪いがあとにしてもらえないか」とソファーを指した。「まもなく曽根《そね》刑事が到着する」

「え、あ、そうでした」

木下くんのことで頭がいっぱいで忘れていた。今日は次の捜査協力に関する打ち合わせがあるんだった。仕方ない。後回しにすることにした。

五分ほど待っているとドアがノックされ、曽根さんが顔を覗《のぞ》かせた。

「どうも。お忙《いそが》しいところすみません」

「本当に忙しければ別日にしています。そちらへどうぞ」と風間さんがソファーを勧める。僕はいつものように彼の隣に腰を下ろした。

近くにいると、どうしても視線は風間さんの右腕に向いてしまう。傷はすでに塞《ふさ》がっており、三角巾《さんかくきん》も外されている。外から見る限り、異変はない。ただ、まだ指に痺《しび》れが残っており、うまく手を握《にぎ》れない状態が続いているという。

「今日はどういった事件でしょうか」

怪我の影響《えいきょう》を微塵《みじん》も見せずに、普段通りの落ち着いた声音《こわね》で風間さんが切り出す。

曽根さんは耳の上を掻き、「実は、これまでとは毛色の違う話でして」と言った。「警視庁に身元不明相談室という部署があるのですが、ご存じでしょうか」

「私は初耳です」と風間さんが即答する。「桜庭くんは？」

「ニュースで聞いたことがあるような、ないような……そんなレベルですね」

「まあ、やっていることは名前の通りです。どこの誰だか分からない遺体について、身元を特定する作業に従事しています。身元不明の遺体は年に三千件にもなるそうで、なかなか大変な仕事のようです」

「そちらの部署からの分析依頼ですか」

風間さんの問いに、「そういうことです」と曽根さんが申し訳なそうに言う。「風間先生のご活躍《かつやく》ぶりは警視庁内に知れ渡《わた》っていまして。身元不明相談室の捜査員が、ぜひお力をお借りしたいと」

いかがでしょうか、と曽根さんが自信なげに言う。

風間さんは左手で顎《あご》をひと撫《な》でして、「その担当者は、私の研究内容をどこまで把握《はあく》しているのですか」と質問した。

「先生が解決に大きく寄与《きよ》された事件については、資料を渡してあります」

「その上でこういった依頼をするというのは、あまりに理解不足ではないですか」と風間さんが嘆息《たんそく》する。「我々《われわれ》が力を注いでいるのは、死者の放つ臭気成分の解析《かいせき》です。そこから事件の真相を推測し、殺人事件ならば犯人に繋《つな》がる手掛かりを見つけ出す。それが本筋です。警察の協力もあって、貴重なデータを積み上げてきました」

ただし、と風間さんが険しい顔つきで続ける。

「そのやり方は、即座に身元の特定に活用できるものではありません。確かに、遺体の臭気成分を分析することはできるでしょう。ただ、そのデータから生きていた頃《ころ》のことを読み解《と》くのは不可能です。死後に初めて現れる成分をいくら調べても、生前の情報は得られません」

いつもより口調がきつい気もするが、風間さんの言い分はもっともだ。何も間違ったことは言っていない。

ただ、曽根さんはあくまでメッセンジャーであり、身元不明相談室の担当者との間にいる立場だ。この場できっぱりと拒絶《きょぜつ》してしまうのは申し訳ない。そんな気持ちから、

「事件性がある遺体に関しては、臭気成分を活用できるんじゃないでしょうか」と僕は口を挟《はさ》んだ。

ところが風間さんは「机上《きじょう》の空論《くうろん》だ」と僕の意見を一蹴《いっしゅう》した。

「殺人事件ならば、犯人に臭気成分が付着しただろう。しかし、それを頼りに犯人を見つけるのは極めて困難だ。まず、単純に時間が経《た》ちすぎているという問題がある。そこが仮にクリアできたとしても、今度は容疑者を絞り込む方法がない。いかにポジティブに解釈しても、我々の研究が役立つとは思えない」

「それはそうなんですが……」

風間さんの意見の正しさにひるみそうになる。僕はそこをぐっとこらえて、「過去のサンプルと比較するというのはどうでしょうか」と提案した。

風間さんの眉がぴくりと動く。少し興味を引かれたようだ。

「……具体的には？」

「風間先生が採取されてきたサンプルの臭気データには、亡《な》くなった方の情報が紐づいていますよね。身元不明遺体の死臭を分析し、過去のデータの中から似ているものを見つけるんです。そちらの個人情報が、身元が分からない人の手掛かりになるかもしれません」

死香《しこう》がどの食材の匂いになるかはランダムだ。ただし、これまでの研究から、年齢や性別、体格、死因などの条件が同一ならば、それらの死香が似ることもあると分かっている。それを考えれば、僕のアイディアは荒唐《こうとう》無稽《むけい》というわけではないはずだ。とっさに思いついた割には、それなりに理屈が通っていると思う。

「発想としては非常に面白《おもしろ》い。非凡《ひぼん》なセンスを感じる」

風間さんが僕の方を見ながら微笑む。見慣れた笑顔にホッとしたが、彼はまたすぐに真顔に戻った。

「ただ、懸念《けねん》はある。一番問題なのは、身元不明者の遺体の状態だ。我々が集めた臭気サンプルの多くは、命を落としてから一週間以内のものだ。一方、身元不明遺体はそれより長いものが数多く含《ふく》まれるのではないかと思う。――曽根刑事。その辺はいかがでしょうか」

話を振られた曽根さんは、「おっしゃる通りです」と首を大きく縦に振った。

「ホテルや人通りのある場所で亡くなっているケースよりも、山や河原《かわら》、海岸などで発見された遺体の方が多いそうです。身元を証明できるものを捨てて自殺し、白骨化後にようやく発見された……というパターンもかなりあります」

「となると、やはり臭気成分の比較は難しいでしょう」

風間さんが話を終わらせようとする。「じゃあ、見方を変えてみませんか」と僕は食い下がった。「比較ができないということは、今までに集めたものと違うサンプルを得られると考えることもできますよね」

すると風間さんは「ずいぶんこの件に執心《しゅうしん》しているようだが」と眉根を寄せた。

「ええ……そうかもしれません」と僕は自分の手を見つめた。

「理由があるなら話してみなさい」

「……以前、特殊清掃《とくしゅせいそう》の仕事で、身元不明遺体が見つかった場所の掃除をしたことがあるんです。そこは普段は人が立ち入れないビルの屋上で、遺体はほとんど白骨化していたそうです。清掃作業のあとで教えてもらったんですが、火葬《かそう》したあとの骨は、無縁塚《むえんづか》と呼ばれる、縁者のいない方のためのお墓に入るんですよね」

「ええ、身元が特定できないケースは多々ありますから」と曽根さん。

「それを聞いて、胸が締め付けられるような気持ちになりました。そんな寂しい終わり方は辛《つら》すぎると思ったんです。でも、その時の自分には何もできませんでした。それが悔《くや》しかったんです。だから、今日こうして曽根さんにお話を伺《うかが》って、少しでも貢献《こうけん》したいという気持ちになりました」

「……相変わらずだな、君は」と風間さんが小さく笑う。「他の人間の立場に立って物事を考え、それを自身の方針とする。実に純粋《じゅんすい》で、そして苦難の多い生き方だ」

「不器用ですよね」と僕は苦笑した。

「だが、それを捻《ね》じ曲げたくはないと感じる」

風間さんはそう言って、曽根さんに向き直った。

「考えを改めます。臭気分析を試したいので、サンプルをお送りいただけますか。遺体が身につけていたもののごく一部で結構です」

「ありがとうございます。身元不明相談室の担当者も喜ぶでしょう」

「あ、でも解決できるかどうかは分かりませんよ！」と僕は慌てて言った。風間さんに責任が発生するような事態は避けたい。

「ええ、分かっています。別に先生のお力を低く見ているわけではありませんが、何も出なくて当然だと思っています。一歩でも前進できれば御《おん》の字《じ》、くらいのつもりでいるように、担当の人間によく言っておきますよ」

「それで結構です」と風間さんが頷く。

「では、三日後にサンプルを届けに参ります。三〜四十件分になるかと思います」

曽根さんが立ち上がり、一礼して部屋を出ていく。

「すみません、勝手に仕事を増やしてしまいました」と僕は風間さんに謝罪した。

「いや、君の性分は理解している。気にすることはない」

「ありがとうございます」

「さて、次は君の話を聞く番だ」と風間さんが僕の方に体を寄せる。「曽根刑事が来る前に、何か言いかけていただろう」

「あ、はい。研究室の学生さんのことで、お話がありまして」

僕は木下くんとのやり取りについて、要約して風間さんに説明した。

「……そういうことは早く言ってもらいたかった」と風間さんが嘆息する。「言い出しづらい気持ちは分かるが、お互いに不利益を被《こうむ》り続けるだけだ」

「申し訳ないと思って言えなかったんでしょう」と僕は木下くんをフォローした。

「まだ四月なのは不幸中の幸いだ」と風間さん。「裏技を使えないか検討してみよう」

「裏技というと……」

「他の研究室との共同研究という名目で、彼が望むゲノム編集の研究を行うんだ。四年生のうちは今の所属《しょぞく》のままで、大学院から本命のところに移ればいい。院の方が定員に余裕《よゆう》はあるし、別の大学に進学するという手もある」

「そんなやり方があるんですね。ちなみに、分析科学を勧めることはしないんですか」

「会社ならともかく、ここは大学だ。興味のないことを無理強《むりじ》いすべきではない。選択肢はいくらでもある。一番いい道を選べばそれでいい」

風間さんは堂々とそう語った。僕の思った通りだ。風間さんはちゃんと学生のことを考えている。

「じゃあ、僕の方から木下さんにそう伝えておきます。どこかで一度、本人と話をしてみてください」

ほっと息をつき、僕はソファーから立ち上がった。ところが風間さんは座ったままだ。五〇センチもない距離から、じっと僕の顔を見ている。

「あの、まだ何か」

「さっきの件だが、サンプルの種類を増やすことには意味がある。そう思い直した。それを伝えておきたかった」

「身元不明遺体の死香のことですか」

「そうだ。今までと異なる死香を集める——君が口にした仮説は検討に値《あたい》する。それにより、君の感じている食材の匂いと死香成分の新たな関係性が見えてくるかもしれない。回り道に思えるが、それが結果的に死香の理解に繋がる可能性もある」

僕がとっさに口にした思い付きを、風間さんはこの短い時間で吟味《ぎんみ》してくれたのだ。

そのことが素直に嬉《うれ》しかった。

死香を嗅《か》ぎすぎたことで悪臭《あくしゅう》化《か》した食材を再び食べられるようにする。そのための方法は、大きく分けて二通りある。

一つは、匂いの打ち消しだ。僕が悪臭だと感じている成分を特定し、その匂いをピンポイントで消すような香料を加える、といったやり方だ。

もう一つは、匂いの再現だ。食感や味がよく似た別の食べ物に、再現した死香――僕にとってはもとの食べ物の匂い――を振り掛けるのだ。

どちらの方法に関しても、死香の理解は欠かせない。身元不明遺体の死香を知ることが新たな知見を生み出すのであれば、風間さんにとっても今回の依頼に打ち込む理由になる。

「そう言ってもらえると気が楽になります」と僕は笑ってみせた。「白いご飯を食べられるようになる日も近いかもしれませんね」

僕の言葉に、風間さんが突然表情をこわばらせた。それは思いがけない急な変化だった。僕は何か変なことを言ってしまったのだろうか？

「あの、どうされましたか」と僕は声を掛けた。

「……いや、なんでもない」

風間さんは視線を逸《そ》らし、自分の席へと向かった。

——やっぱり、変だ。

僕は首をかしげた。風間さんは思ったことは何でも口にする人だ。今みたいに、言いたいことを我慢《がまん》するような素振りを見せることはほとんどなかった。

僕に言えないようなこと。思いつくのはやはり怪我の後遺症だ。そんなにも右腕の状態は悪いのだろうか。

ひょっとしたら、検査の過程で別の病気が発見されたとか……？

根拠《こんきょ》もないのに、不穏《ふおん》すぎる可能性が頭に浮かんでくる。

詳しく聞きたい気持ちはあったが、今はやめておこうと思った。言うべき時が来れば、風間さんは必ず僕に話してくれる。そう信じたい。

4

翌日《よくじつ》、午後七時過ぎ。僕は特殊清掃のアルバイトを終え、風間さんの研究室にやってきた。

教員室には風間さんの姿があった。僕の机の上には、三十本ほどの試験管《しけんかん》を並べた金属製のラックが置かれている。

「お疲れ様です。そのサンプルは、曽根さんが持ってきたものですか」

「ああ。それぞれの遺体について、発見時に着ていた服の一部を送ってもらった。私の方で、それを試験管に移し替えた」

「了解です。じゃあ、さっそく嗅いでみます」

「特殊清掃の作業で疲れているのではないかね」

キーボードを打つ手を止め、風間さんが僕のすぐそばにやってきた。

「大丈夫です。今日は現場作業は午前中で終わりで、午後からは事務作業だけでしたから。体調に問題はありません」

今日は秘書のアルバイトの日ではないが、死香を嗅ぐために大学に足を運んだ。採取から時間が経っているサンプルばかりなので急ぐ必要はないのだが、家に帰ってやりたいことがあるわけでもない。時間はなるべく有効活用したい。

「そうか。では、私は席を外そう。落ち着いてゆっくりと嗅ぐといい」

「え、別にいてくださっても構いませんけど」

「最適なコンディションで作業をしてもらいたいのだ。私は実験室にいる。終わったら声を掛けてくれ」

風間さんは僕の返事を待たずに教員室を出ていってしまう。

「うーん……」

風間さんはやはりどこかよそよそしい。心なしか、僕との接触《せっしょく》を避けているようにも感じる。すぐそばにいる時もあるが、離れている時間の方が長くなった。それに、家にいても話し掛けられることが減ったように思う。

ため息をつき、僕は自分の席についた。思い悩むためにここに来たわけではない。やるべきことをやらなければ。

試験管には数字が書かれたラベルが貼《は》られているだけで、他に情報はない。今回、それぞれの身元不明遺体に関する資料にはあえて目を通していない。先入観を持つのを避け、純粋に死香にだけ集中するためだ。

メモ用の紙と鉛筆《えんぴつ》を準備し、さっそく一番のサンプルから死香を嗅いでいく。

一本目はそら豆の匂いだった。予想していたよりも死香は明瞭《めいりょう》だ。遺体発見からそれなりに時間が経っているはずだが、やはり体に直接触れていたものの匂いは強い。これなら、他のサンプルもしっかり特徴を嗅ぎ取れるはずだ。

感じた死香についてメモを取りつつ、一本ずつ順に匂いを嗅いでいく。

しばらく作業を続け、十一本目に取り掛かった時だった。試験管の蓋《ふた》を開け、鼻を近づけた瞬間、僕は違和感を覚えた。

……気のせいだろうか。

一度、自分の服の匂いを嗅いで嗅覚《きゅうかく》をリセットしてから、再び同じサンプルの死香を確かめる。

やはり錯覚《さっかく》ではなかった。とうもろこしの死香の中に、ほんのりと蕎麦《そば》の死香が混ざっている。蕎麦の死香は、十番目のサンプルのものだ。

二つの試験管を見比べてみる。どちらも底の部分に一センチ角の布が入れられている。片方は白、もう一方は黒で、明らかに別物だ。

奇妙《きみょう》な事態に、僕は人為的なミスの可能性を疑った。風間さんがサンプルの準備で失敗をするとは考えにくい。あるとすれば、警察の方だろう。僕たちに送るサンプルの準備の際に、切り取った衣服片をうっかり近づけてしまった。それで匂いが混ざってしまったのではないだろうか。

その説はありうるな、と納得しかけたところで、考え違いに気づく。もし二つの衣服片が接触したとすれば、十番目の蕎麦の死香には十一番のとうもろこしの匂いが混ざるはずだ。

確認のために、再度十番を嗅ぐ。何度か試してみたが、とうもろこしの死香はまったく感じ取れない。蕎麦だけだ。

「……おかしいな」と僕は首をひねった。サンプル調整のミスではなさそうだが、だとしたらなぜこんなことが起きるのだろう。

原因を頭の片隅《かたすみ》で考えつつ、残りのサンプルを嗅いでいく。すると、二十本目にまた同じようなサンプルが出てきた。こちらは主となるちくわの死香の他に、とうもろこしと蕎麦の両方の死香がうっすらと香ってくる。

とりあえず残りの試験管の死香も確認したが、他のものはどれも単一の死香だった。

「うーん、どうなってるんだ……？」

試験管のラベルを見つめつつ、改めて状況を紙に書き起こす。

⑩の死香：蕎麦のみ
⑪の死香：とうもろこし（主）＋蕎麦（弱）
⑳の死香：ちくわ（主）＋とうもろこし（弱）＋蕎麦（微量）

ありのままに解釈するなら、⑩の遺体（もしくは衣服）に近づいた人物が、⑪、⑳の順に遺体（もしくは衣服）に接近した――ということになる。問題は、果たしてそんなことが起こりうるのか、という点にある。

警察関係者の作業の結果、こんな風になったのだろうか？　だとしたら、他のサンプルでも匂いの混入が起きていてもよさそうな気がする。

一人で悩んでいても仕方ない。僕は風間さんを呼びに実験室に向かった。

実験室に入ると、風間さんと木下くんが話しているのが見えた。

僕に気づき、木下くんが会釈する。その表情は明るく、前向きな様子が感じられた。

おそらく、彼の望む研究がやれる段取りがついたのだろう。

「風間先生。終わりました」

「分かった。すぐに行く」

木下くんと二言三言交わして、風間さんが僕のところにやってきた。二人で教員室に移動する。

「全部嗅いだ結果、奇妙なことが分かりまして」

「ほう。聞かせてもらおうか」

僕は自分が感じたことをありのままに説明した。

すると風間さんは「まずは、サンプルの付随《ふずい》情報を確認すべきだ」と、曽根さんからもらった資料を持ってきた。遺体の発見場所や日時、推定《すいてい》年齢や性別といった情報をまとめたものだ。

資料を読んですぐに気づく。三体の遺体の発見日時はいずれも今年の四月六日で、見つかった場所はすべて同じ町だった。〈山梨県《やまなしけん》　南都留郡《みなみつるぐん》　富士河口湖町《ふじかわぐちこまち》〉とある。

「これって、もしかして」

「青木《あおき》ヶ原樹海《はらじゅかい》と呼ばれる、富士山の麓《ふもと》に広がる森だな」と風間さん。「自殺の名所とも呼ばれており、年間に五十体以上の遺体が見つかるらしい」

「じゃあ、発見場所が近いこと自体は不自然ではないわけですね」

「そうだな。遺体の発見日時が同一なのは、一斉捜索によって立て続けに見つかったからだろう。定期的にボランティアが見回っているらしい」

「ということは、発見した人によって死香が順に移っていったってことですかね」

混ざった死香の謎《なぞ》が無事に解けた……と思いきや、風間さんの表情は険しい。

「その説には違和感がある。この地図を見たまえ」

風間さんがスマートフォンを差し出す。そこには青木ヶ原の地図が表示されていた。三つピンが立っており、それぞれに⑩、⑪、⑳の番号が振ってある。遺体が発見された場所を示す目印だ。

「この三つの地点は巨大な三角形を描いている。三辺の長さはいずれも五〇〇メートル以上離れている。遺体捜索という目的があったとしても、一人の人間がその三箇所を回ったというのは不自然だ。また、遺体発見後にさらに探索を続けるだろうか？　精神的な負担や警察からの事情聴取の手間を考えると、先には進まずに引き返すだろう。三体の遺体は、それぞれ別の人間が発見しているはずだ」

風間さんの指摘《してき》に、「確かに……」と僕は首をかしげた。「となると、どうしてこんな死香の付き方になるんでしょうか……」

「最もシンプルな考え方は、何者かが現場で順番に遺体に近づいた、というものだろう。それであれば矛盾《むじゅん》はしない」

風間さんは不可解な状況を冷静に分析している。さすがの知性の切れ味だ。

「犯罪が関係しているのでしょうか」

「現段階では判断がつかないな。動機を推測する手掛かりが不足している。また、動物の仕業《しわざ》という可能性もある」

「ああ、なるほど。……このことを、曽根さんや身元不明相談室の担当者に伝えた方がいいんですかね」

「死香の分析データを出してから判断すべきだな。ただ、説明したところで動きようがないと思うが」

「でも、もし三つの遺体に関連性があるとすれば、警察の調べ方が変わってくるんじゃないですか」

僕の言葉に、風間さんが眉根を寄せる。

「君は、これらが連続殺人事件だと考えているのか？」

「それはさすがに違うかなと思います。亡くなった時期もバラバラですし」と僕は首を振った。そもそも、問題の三遺体はいずれも自殺と判定されている。「ただ、他者にコントロールされて自ら死を選んだ、という可能性はあります」

「……そういうことか」と風間さんが嘆息する。「君はあの男のことを考えていたのか」

僕は口をぎゅっと結んで頷いた。

風間さんの言うあの男――すなわち月森征司《つきもりせいじ》は僕と同じ、死香を感知する体質の持ち主だ。医師として勤務《きんむ》する中で多くの死を看取《みと》る機会があり、それで死香を感じ取れるようになったようだ。

月森は死香を花の匂いに感じるという。それは世界中のどんな花よりもかぐわしい香りがするらしい。月森はその虜《とりこ》になり、死香を生み出すために殺人に手を染めた。

といっても、実際に人を殺《あや》めたわけではない。心が弱った人を狙《ねら》い、言葉巧《たく》みに首吊《くびつ》り自殺に追い込んでいたのだ。法律的に解釈するならば、殺人ではなく自殺教唆《きょうさ》に当たるのかもしれないが、月森によって人命が失われてきたことには変わりない。

僕たちはいったんは月森の悪行を食い止めることに成功した。ところが、罪を立証するには至らず、月森は忽然《こつぜん》と姿を消してしまった。警察と協力して行方を追っているが、未《いま》だに足取りは摑《つか》めていない。

ただ、直感的に僕は確信している。月森は今も死香を追い求めているに違いないと。

僕たちの知らないところで、月森は何の罪もない人々を死に追いやっている――僕は常にそのことを懸念している。だから、今回の三つのサンプルにも、ひょっとしたら月森が関わっているのではないかと考えてしまったのだ。

杞憂《きゆう》かもしれないと分かっているが、それでもその可能性を排除《はいじょ》することはできない。

「風間さんの見解はいかがですか」と僕は尋ねた。

「月森が好む死香は、君にはパンの香りに感じられるはずだ。三つのサンプルはいずれもそれに該当《がいとう》しない」

「それは、死香の採取時期の違いで説明できるかもしれないです。最初はパンの香りだったものが、森の中で放置されるうちに別の死香に変わったんじゃないでしょうか」

「君の意見は尊重《そんちょう》する。ただ、否定できない仮説を持ち出してこられては議論にならない」と風間さんが首を振る。

「すみません、科学的じゃないことばかり言ってしまって」

「謝る必要はない。議論はともかく、桜庭くんの方針を知りたい。この結果を受けて、君はどう行動するつもりなのかね」

「できれば、現地に足を運びたいです」と僕は言った。

「それで何が分かる？」

「……今は何とも言えません」と僕は首を振った。「死香を嗅いでから考えます」

「それは、方針とは言えない。単なる行き当たりばったりだ」と厳《きび》しい口調で風間さんが指摘する。「しかも、遺体が発見され、搬送《はんそう》されてから二週間以上が経過している。人通りのある場所ではないが、屋外は屋外だ。死香は拡散し、消えてしまっている可能性が高い」

「でも、他の場所でパンの死香が感じ取れるかもしれません」

「また『かもしれない』だ」と風間さんがため息をついた。「月森のことを懸念する気持ちは理解できる。だが、君はあの男と今回のサンプルを強引に結びつけようとしているように思える。一度冷静になって考えたまえ」

風間さんはそう言うとソファーから腰を上げた。

「今日はもう帰りなさい。私はもう少し残って仕事をしていく」

「……せめて、現時点での結論を出したいです」

「それなら出ている。『静観《せいかん》』だ。それが最も妥当《だとう》だろう。焦《あせ》る段階ではない」

風間さんは僕の方を見ずにそう言った。

どうしたんだろう、と僕は不安を覚えた。意見が対立したことは今までにもあったが、風間さんがこんな風に、露骨《ろこつ》に議論を打ち切ろうとしたことはなかった。

互いの体に手が届くくらいの近い距離で、目をじっと見ながら、どちらかが納得するまで徹底的《てっていてき》に意見を交わす。それがいつもの風間さんのスタイルだ。今まではその真剣な態度に触発される形で、僕も粘《ねば》り強く自分の主張を重ねるのが常だった。

だが、今日は違う。目の前にいるのに、やけに風間さんが遠く感じる。

どうしてちゃんと向き合ってくれないのだろう。疑問が心の底から込み上げてくる。

「すみません。静観では納得できそうにないです」と僕は言った。「やっぱり、現地の様子を見てきます」

「ダメだ、それは危険すぎる」

「一人ではありません。曽根さんに話をして、向こうの警察の方に同行してもらいます。樹海の捜索に慣れた方なら、危ないことは起きないはずです」

僕がそう言い返すと、風間さんは眉間《みけん》に微《かす》かなしわを寄せた。それは、今までに見たことがないような、悲しそうな表情だった。

「……どうしてそんなに頑《かたく》なになる。私の言い分が気に入らないというのか」

「そういうわけではないんです。風間さんの意見が正しいのは分かっていますし、自分が無理を言っていることも承知しています。無駄《むだ》に終わるかもしれない。それでもじっとしてはいられない。それが僕の今の気持ちなんです」

風間さんは額《ひたい》に左手を当て、再びソファーに腰を下ろした。手で目元を隠しながらうつむき、じっと黙り込む。

「……分かった。では、君一人で行ってくるといい」

風間さんの言葉は意外なものだった。僕は思わず、「一緒に来ていただけませんか」と口走っていた。

「屋外で、しかも遺体発見から長時間が経過した場所だ。サンプル採取を試みても、ろくなデータは取れないだろう」

風間さんは感情のない冷たい声でそう言うと、また手で目元を隠して口を閉ざした。

明らかに様子がおかしい。それは嫌というほど伝わってくるが、「どうしたんですか」と尋ねる気にはなれなかった。風間さんはこれ以上のやり取りを拒絶している。

「……では、お先に失礼します」

僕は気まずい空気に追い立てられるように、荷物を持って教員室をあとにした。

5

四月二十五日、木曜日。僕は河口湖駅でバスを降《お》りた。

天気は曇《くも》りで、涼《すず》しいというよりちょっと肌寒い。中に着るシャツを一枚増やして正解だった。

時刻は午前九時四十分。新宿《しんじゅく》駅から高速バスに乗ったのが七時五十五分だから、二時間かからずに着いたことになる。印象よりはずっと近いな、と僕は思った。これなら充分日帰りできる。

バス乗り場のベンチで待っていると、派手《はで》な水色のウインドブレーカーを着た男性が近づいてきた。年齢は七十歳前後か。短く刈《か》った髪は真っ白で、全体的にがっしりした体格をしている。四角い顔はよく日に焼けており、顎の先にＶの形の古い傷痕《きずあと》が刻まれていた。

「あんたが桜庭さん？」

男性が声を掛けてきた。しゃがれているが聞き取りやすい。「あ、はい」と僕はベンチから立ち上がった。

「どうも。長井《ながい》です」と名乗り、彼が「うーん」と唸《うな》る。

「どうされましたか」

「いや、どういう肩書きを言えばいいのかなと思ってな。まあ、現職で言えば、青木ヶ原周辺の環境保護活動を行うＮＰＯの職員をやってます」

長井さんの経歴については、曽根さんから説明を受けている。彼は元々は山梨県警の刑事部の捜査一課で長く活躍した刑事だ。県警を退職後に今の仕事に就《つ》いたそうだ。青木ヶ原の清掃活動に取り組んでおり、活動中に発見された遺体への対応を一手に引き受けているという。

「お忙しいところありがとうございます。今日はよろしくお願いします」と僕はお辞儀《じぎ》をした。

「話は聞いとるよ。大学の職員さんで、森で見つかった仏《ほとけ》さんの身元特定に協力してるんだろう。そりゃあ協力せんわけにはいかんよ。やっぱり、帰る場所がないのは寂しいわな」

うんうんと頷き、「ほんじゃ、行こうか」と長井さんが歩き出す。一緒に駐車場《ちゅうしゃじょう》に向かい、年季の入ったジムニーに乗り込む。

「四月の頭に遺体が見つかったところに案内したらいいのかな」

「そうですね。できれば三箇所とも」

「ほいほい。なら、風穴《ふうけつ》の方から行こうか」

タクシー運転手のような軽い口調で言い、長井さんは車を発進させた。

「いやー、大変だねえ」国道に出たところで、ふいに長井さんが口を開いた。「女の子一人で現地調査とはなあ」

おっと、久しぶりに来た。性別の勘違いだ。小柄で童顔《どうがん》なせいで、僕はよく女性に間違われる。特に高齢の方にこの手の思い込みが多いように思う。

女子扱いされることは正直なところ不快だが、相手に悪気《わるぎ》があるわけではない。僕はやんわりと、「えっと、僕は男なんですよ」と苦笑した。

「てっ！　あんた、男なんか！　そりゃすまなんだ」

よほど驚いたらしく、長井さんが目を丸くする。「てっ」というのはこちらの方言か。元刑事だけあって、人を見る目には自信があったのだろう。プロの観察眼を欺《あざむ》いてしまったが、何ひとつ嬉しくない。

早く筋肉質なボディを手に入れねば……と改めて誓《ちか》いつつ、車で移動すること二十分。僕たちは富士五湖の一つ、西湖《さいこ》の南側のエリアにやってきた。

青木ヶ原樹海には幾筋かの遊歩道があり、そこを自由に散策できるという。ただし、この一帯は国の天然記念物に指定されており、環境保護の観点から遊歩道の外を歩き回ることは禁じられているそうだ。

さっそく、遊歩道から森に入る。遊歩道は舗装《ほそう》されていない土の道だが、大人が二人並んで歩ける程度の幅がある。

頭上を覆いつくすように伸《の》びた木々が、視界のすべてを支配している。その景色の中を歩くうち、この森が特別視されている理由に気づいた。深い森は日本のどこにでもあるが、それらの多くは山中で、傾斜《けいしゃ》がついている。しかし、ここは平坦《へいたん》だ。こういう地形は本州にはあまりないのではないかと思う。

「一応、これを使おうかね」

長井さんが腰のベルトにベルをぶら下げる。クマよけのためのものだ。

「クマが出たことはあるんですか？」

「ちょくちょく目撃されてるよ。観光客が捨てた食べ物の匂いに釣《つ》られて来るんだな。あとは……ま、ご遺体だな」

長井さんの一言にドキッとする。今のところ、死香は感じない。

僕は今までに何度か、遺体そのものが放つ死香を経験したことがある。それは、事件現場などに残された死香よりも遥《はる》かに濃い。嗅覚を超え、視覚にまで影響を及ぼすほどの濃度だ。匂いではなく、光る粒子《りゅうし》として感知される。だから、もし遺体が近くにあれば、一〇〇メートル離れていても気づけるだろう。

「遺体はよく見つかるんでしょうか」

「月に一度は有志で森の中を捜索するが、ゼロで終わる時の方が少ない」と長井さんが神妙に言う。「これだけ広いと、見て回れる範囲はどうしても限られるだろう。だから、何年も前に死んだ人をひょっこり見つけたりするんだな」

「この森には、人を惹《ひ》きつける何かがあるんでしょうか……」

「そんなもんはないよ」と長井さんが即答する。「首吊りで死のうと決めた人間がいた。木が多くて人目に付かない場所として、青木ヶ原を選んだ。それで遺体が見つかり、ニュースになり、ドラマなどで取り上げられた。その結果、自分もそこで死のうと、森にやってくる人間が増えた。そうやって、雪だるま式に有名になっていったんだろうな」

「なるほど……」

「未だに自殺者は多いが、それでもひと昔前よりは減っとるよ。遊歩道の巡回《じゅんかい》を増やして積極的に声掛けをしたり、タクシーやバスの運転手に『危なそうな人間』を報告してもらってすぐに駆け付けたり……この森は本当にきれいで、心が安らぐ場所なんだよ。いつまでも『自殺の名所』なんて汚名《おめい》を着せとくわけにはいかんだろう」

長井さんは声に力を込めてそう語った。地元の人たちは、一人でも自殺者を減らそうと努力しているのだ。素晴《すば》らしい活動だと思う。

「さて、この辺から入っていこうか」

軽く汗を掻き始めたところで、遊歩道を外れた。

そこから先はごつごつした岩や木の根、折《お》れた枝などが積み重なっており、急激に歩きにくくなる。

足元に気をつけながら五〇メートルほど進み、後ろを振り返る。木の幹《みき》に邪魔《じゃま》されて、もう遊歩道がどこだか分からなくなっていた。樹海に踏み込むと、二度と外には出られなくなる——その噂《うわさ》が決して大げさなものではないことを実感する。

長井さんは慣れた様子ですいすいと奥へ奥へと歩いていく。遊歩道を歩いていた時と、ベルの音が変わっていない。安定したテンポでカランカランと鳴っている。年齢をまったく感じさせない健脚《けんきゃく》だ。はぐれないように必死に付いていく。

足を踏み出すたびに方向感覚があやふやになっていくのが分かる。太陽を頼りにしようにも、頭上の枝がそれを許してくれない。もう、どちらが北なのかもはっきりしない。ここは人が気軽に立ち入っていい場所ではない。本能がそう訴《うった》え掛けてくる。怖い、と僕は心の底から思った。

「あの辺りだな」

前方から聞こえた声にハッと我に返る。

見ると、長井さんは足を止め、高さ一メートルほどの岩を指差していた。

「あそこに遺体が……？」

「ああ。送ってもらった地図の番号で言うと、十番の仏さんだな」

唾《つば》を飲み込み、ゆっくりと近づく。

現場の周囲に、特に変わったところはない。⑩の地点ということは、蕎麦の死香が感じられるはずだが、ほとんど消え掛かっている。やはり屋外なので、短期間で消えてしまうようだ。

「遺体はどんな状態だったのでしょうか」

「真上から岩を抱え込むような格好《かっこう》だったな。枝が折れて落ちたんだ。かなり腐敗が進んでいて、骨も見えていたよ。服装からすると中年の男だろうな」

上方に目を向ける。岩のそばにある木の幹に、枝が折れた痕跡《こんせき》が残っていた。枝の位置は地上から二メートル半ほどだ。枝の根元に縄《なわ》をくくり付け、岩から飛び降りる形で命を絶ったのだろう。

「中年の男性、ですか……」

月森が自殺に追い込むのは、三十代半ばから四十代半ばまでの男性に限られている。そのくらいの歳《とし》の男性が放つ死香が好みなのだ。

ただ、わざわざこんなところで自殺させるというのはあまりに不自然だ。月森は基本的に東京都内で犯行を重ねていた。それでうまくいっていたのだから、来るのも帰るのも大変な場所をわざわざ選ぶ理由がない。

やはり僕の考えすぎだったのか……。

風間さんに申し訳ないことをしたな、と反省したところで、「……人の声だ」と長井さんが呟いた。

「え……？　こんなところで？　もしかして自殺を……」

「いや、死のうという人間の声じゃない。明るすぎる」と長井さんが険しい表情で囁《ささや》く。

僕の耳には何も聞こえない。彼は鋭《するど》い聴覚《ちょうかく》を持っているようだ。

「あんたはそっちにいなさい」

「あ、はい」

長井さんに指示され、僕は音を立てないように木の幹の陰《かげ》に移動した。屈《かが》み込《こ》み、息を潜《ひそ》めて成り行きを見守る。

しばらくすると、僕にも声が聞こえてきた。若い男性がぶつぶつと何事かを喋《しゃべ》っている。届いてくるのは一人分の声だけだ。誰かに一方的に話し掛けているのだろうか。あるいは電話か？

幹から顔だけ出して様子を窺《うかが》っていると、長い髪の男性が現れた。服は上も下も黒一色で、スマートフォンをかざすように歩いている。

「ええと、確かこの辺で遺体が……。って、あれ？」長井さんに気づき、男性が足を止める。「これは意外な展開です。先客ですね」

「あんた、ビデオを撮影《さつえい》しとるな」と長井さんが低い声で言う。「とりあえずそいつを仕舞いなさい。まともに話もできん」

「……分かりました」

男性がしぶしぶといった様子でスマートフォンをポケットに入れた。

「で、あんたはなんでこんなところにいたんだ」

「いや、ちょっと道に迷っちゃって」

「嘘《うそ》をつけ」と長井さんが即座に切り捨てる。「あんた、一人で喋ってたろうが。あれは『実況』ってやつだろう。ここで撮影した動画をインターネットに上げるつもりだったんだな」

その話を聞き、青木ヶ原樹海で撮影された動画に関する騒動を思い出した。

今から二年くらい前だろうか。遺体を探して、外国人の動画投稿者が樹海にやってきたことがあった。その外国人は実際に遺体を発見し、その様子をインターネットの動画投稿サイトにアップロードしたのだ。

動画内で死者を冒瀆《ぼうとく》するような発言をしていたことから国内外で炎上《えんじょう》し、投稿者は各方面からバッシングを喰《く》らった。そんな事件があったにもかかわらず、同じことをして視聴数を稼《かせ》ごうという人間がいるようだ。

長井さんの指摘に、男性はうつむいて黙り込んでいる。「どうなんだ、おい」と長井さんが促《うなが》すと、男性は「……まあ、そうです」と顔をしかめて頷いた。

「危ないだろうが、こんなことをしたら。道に迷って帰れなくなるぞ」

「GPSがあるんで大丈夫です。ここらはケータイの電波も入りますし」

「まったく、ああ言えばこう言う……反省の色がないな」と長井さんがため息をつく。

「あんた、樹海に入るのはこれが初めてじゃないだろ。うろついてる男がいるって目撃情報が一年以上前からあったんだ」

「あ、それ、俺じゃないっす」と男性が即座に否定する。「確かに森に入るのは今日で二回目ですけど、前は三月末だったんで」

「本当か？」

「マジですよ。実は、前の時に見掛けたんですよ、その男を。証拠もありますよ。動画に残してるんで」

「それ、見せてください！」

僕は思わず木の陰から飛び出していた。

「うおっ！　美少女だ！」と男性がのけぞる。

「僕は男です」ことさら低い声を出し、僕は男性に詰《つ》め寄った。「警察と協力して活動している者です。動画を見せてもらえませんか」

　ぎゅっと眉間に力を入れて見上げると、「あ、ああ……ちょっと待ってくれ」と男性はスマートフォンをいじり始めた。

「あったあった。これだよ」

　画面《がめん》には森の中を歩く人影《ひとかげ》が映っていた。撮影者との距離は二〇メートルくらいか。男性が、辺りを見回しながらゆっくりと歩いている。ピントが合っていないので顔の細かい部分は分からない。三十代くらいに見えるが、月森に似ているかどうかと聞かれると微妙だ。

　とにかく、これは貴重な情報だ。風間さんにも動画を見てもらうことにしよう。男性をこのままにはしておけないということで、三人で一度森の外まで戻ることになった。

　黙々と森の中を一列で歩く。

　周りの景色はどこを見ても似たような印象だが、不思議とさっき通った場所だということが分かる。森に対する恐怖心は和《やわ》らいでいて、しっとりとした空気や爽《さわ》やかな香りを楽しむ余裕も生まれていた。

「……一応、収穫はあったって言っていいのかな」

　僕は誰にも聞こえない声で呟き、あとは黙って歩を進めた。

6

翌日。僕は午前七時過ぎに大学にやってきた。キャンパスを照《て》らすまばゆい光と、爽やかな風。思わず深呼吸をしたくなる、気持ちのいい朝だった。

これほど早くに来たのは、昨日の夜、風間さんが家に戻ってこなかったからだ。何度か電話をしたが無反応だった。運転手を務めている砥羽《とはね》さんによれば、「実験が忙しいので、家には戻らない」と言っていたらしい。

そこまで集中して分析作業を行うとしたら、その対象は死香に違いない。ただ、急ぐサンプルがあるとは聞いていない。想定外の緊急事態が生じたのかもしれない。

風間さんの右手はまだ麻痺《まひ》が残っているはずだ。長時間の作業は大きな負担になる。

何か手伝えることはないかと思い、こうして大学に足を運んだのだった。

薬学部の建物に入り、三階に上がる。風間さんは作業中だろうか。分析科学研究室の実験室を確認すると、意外な顔を見つけた。木下くんだ。

「おはようございます」

声を掛けると、「あれ、桜庭さん」と彼が顔を上げた。「どうしたんですか、こんな時間に」

「風間先生の様子を見に来たんです。木下さんは？」

室内にいるのは彼だけだ。風間さんの姿は見当たらない。

「最近、早めに大学に来てゲノム編集について勉強しているんです。家だと気が散るんで。それで、今日もいつもの時間に大学に来たら、廊下《ろうか》で風間先生と会いまして。『作業を手伝ってほしい』と頼まれたので、指示を待っているところです」

「何の作業なんですか」

「ＤＮＡの解析だと仰《おっしゃ》っていました。今後の研究に役立つだろうから、今のうちから慣れておいた方がいいと……」

「そうでしたか。風間先生は今はどちらに？」

「教員室でデータ整理をされているはずです」

「どうも」と軽く頭を下げ、隣の部屋に急ぐ。ドアを開けると、風間さんは自分の席でパソコンのモニターを見ていた。

「君か。ずいぶん早いな」と風間さんが立ち上がる。

「何度か連絡《れんらく》をしたんですが、反応がなかったので」

「ああ、すまない。作業中だったので電話に出られなかった」

「そんなに忙しかったんですか？」

「集中して一気に終わらせたかったんだ」

風間さんはそう答えて、耳に掛かった髪を指で払った。髪型がやや乱れている。整える時間がなかったためだろう。彼には珍《めずら》しいことだ。

「さっき、実験室で木下さんと会いました。解析作業の手伝いを彼に頼んだんですか」

「ああ。トレーニングの一環《いっかん》だ。分析データを用いて、データベースの網羅的解析をやってもらう。既知の動植物の遺伝子の中から、一致《いっち》するものを探す作業だ」

ブラインドの隙間《すきま》から差し込む光が風間さんの顔に当たっている。普段よりも顔色が悪いように思える。

「もしかして、徹夜で実験を……？」と僕は気になっていたことを尋ねた。

「いや、分析作業の待ち時間に、ここのソファーで二時間ほど眠った」

「でも、ずいぶん根《こん》を詰めて作業されていたんですね。新しい死香の分析を始めたんですか」

「そうではない」風間さんが窓の外に目を向ける。「青木ヶ原で発見された三体の遺体……その衣服に付着していたＤＮＡを調べている。ＤＮＡのサンプルは警察が採取したものだ。それを最新の技術で分析してみることにしたのだ」

「何のためにそんなことを……」

「目的は一つだ」風間さんがゆっくりとこちらを向いた。朝の光で眼鏡《めがね》のレンズがきらりと光った。「月森の痕跡を探すためだ」

「えっ！　あの男が関わっていた証拠が出たんですか⁉」

「いや、そうではない。君が青木ヶ原に向かう前と何も変わっていない」

「それなのに、分析を……？」

「君を納得させるためには、私も全力を尽くすべきだと判断した。私はこの件に関しては、月森は関係ないと考えている。無関係であることを証明することは現実的には不可能だ。それでも、否定的なデータを提示することはできる。それが研究者としての誠実さだと私は考えた」

「……風間さん」

熱い塊が喉《のど》の奥から込み上げてくるのが分かった。風間さんは僕のわがままに真摯《しんし》に向き合おうとしてくれている。可能性を弄《もてあそ》ぶような、素人丸出しの意見を受け止め、それに応《こた》えようとしている。そのことが申し訳なく、そして何よりも嬉しかった。

ここのところ冷たい態度を取られることが多かったせいか、いつも以上に心が震《ふる》えている。

こぼれそうになった涙《なみだ》をぐっとこらえ、「手掛かりになるかどうか分かりませんが」と僕は樹海で会った男性が撮影した動画を風間さんに見せた。

「不審《ふしん》な男か。分かった。画像解析を試みてみよう」

「よろしくお願いします。それで、僕に何か手伝えることはありませんか」

「用意はしてある」と風間さんが僕の席に目を向ける。机の上には数十本のプラスチックチューブを並べた金属製のラックが置いてあった。

「試験管の中身は、私が調整した死香だ。樹海の遺体が月森の仕業だとすれば、パンの死香を感知できるはずだが、実際は違う食材に感じられている。その理由として、君は時間経過による臭気成分の変化を挙げていたな」

「そうですね。仮説ですけど」

「その説を検証するために、空気酸化《さんか》で変質する前の成分を推測し、配合比率を変えたサンプルを作成した。蕎麦、とうもろこし、ちくわ、それぞれについて二十パターンほど用意してある。匂いを確かめてくれないか」

「分かりました。やってみます！」

さっそく席につき、試験管に手を伸ばしたところで、ハッと気づく。これらのサンプルを、風間さんはたった一人で作成したのだ。ＤＮＡの分析と並行してこれだけの作業をやるのに、どれほど時間がかかっただろうか。しかも、風間さんは右手の麻痺というハンディキャップを背負《せお》っているのだ。

研究者として真摯であるために、全力を尽くす。このたくさんの試験管こそが、風間さんの核となる理念の象徴だ。その気高さや尊《とうと》さに、僕は強い感銘《かんめい》を受けた。

彼の努力に報《むく》いる方法はただ一つ。死香を丁寧かつ正確に嗅ぐことだけだ。

僕は深呼吸で心を鎮《しず》めてから、ゆっくりと一本目の試験管を手に取った。

結局、僕がすべてのサンプルを嗅ぎ終わるのに三時間を要した。

いつもの二倍以上の時間をかけて匂いを嗅いだ結論は、「この中にパンの死香はない」というものだった。

断言《だんげん》はできない。可能性はいつだってゼロにはならない。しかし、科学的な観点からは、「森で見つかった三つの死香は、パンから変化したものではない」と言い切っていい。僕はそう「納得」した。

遠回りをしたが、ようやくゴールにたどり着いた感覚があった。青木ヶ原の遺体と月森は無関係だ。

教員室に風間さんの姿はない。そういえば、ずいぶん前に出ていったきりだ。

早く結論を伝えたい。実験室にいないかと覗いてみると、木下くんの背中が見えた。

彼は自分の席で、パソコンのモニターを一心不乱に見つめている。

「お疲れ様です」と僕は彼に声を掛けた。「風間先生は来ませんでしたか」

「いえ、こちらにはいらしてませんよ」

一瞬だけ振り返って答えると、彼はまた液晶《えきしょう》画面に目を戻した。作業に集中しているようだ。邪魔をしてはいけない。

「ありがとうございます」と伝えて廊下に出たところで、足音が聞こえた。ちょうど風間さんが戻ってきたところだった。

「終わったのかね」

「ええ、たった今」

「そうか。ベストタイミングだな。私も風間計器《けいき》から戻ってきたところだ」と風間さん。

「これから曽根刑事がここに来ることになっている。私が呼んだ」

「え？ 別の事件の話ですか」

「いや、今回の件についての打ち合わせだ。中で話そう」

風間さんに促され、教員室に入る。

並んでソファーに座り、「まずは君の結果を聞かせてくれ」と風間さんが足を組んだ。

「はい。すべて念入りに嗅ぎましたが、パンの死香はありませんでした。月森は無関係と判断していいと思います」

「そうか。サンプルの中に、蕎麦、とうもろこし、ちくわ以外の死香はあったかね」

「そうですね。果物《くだもの》やお菓子《かし》など、食材の系統がまるで違うものもいくつかは」

「ふむ。興味深いデータが得られたな。理想的な副産物だ」と風間さんが微笑む。久しぶりに見る、彼の嬉しそうな表情だった。

「すみません、お手数をお掛けしてしまって」

「いや、君のお陰で思いがけないデータが得られた」と風間さんが左手の人差し指を立てる。「以前、ＤＮＡの復元技術を活用したことがあったのを覚えているかね？」

「ああ、連続通り魔事件の時ですね」

　言われてすぐに思い出した。今から一年三カ月ほど前に、連続通り魔事件の捜査に協力したことがあった。その事件の犯人に出頭を促すために用いた切り札が、最新のＤＮＡの復元技術だった。

「あれは出たばかりの論文の技術を利用したわけだが、あれから自分なりに手法をアレンジし、効率が向上した改良版を作った」

「え、いつの間に……」

「風間計器の研究員に依頼したのだ。他にもいくつか独自研究を行わせている。解決すべき課題を伝えるだけで、私が直接関わることはないがね」

　僕の知らないところで風間さんはいろいろ活躍しているらしい。

「それで、その手法がどうかしたんですか」

「樹海で見つかった三遺体の衣服からは、様々なＤＮＡ断片が検出されている。それらの中には屋外に放置されたことで破損《はそん》したＤＮＡも含まれる。質が悪いため、科捜研《かそうけん》での分析対象にできなかったものだ。それらに対して復元と解読を試みた結果、三体のうちの一体から、遺体のものとは異なる人間のＤＮＡが検出された」

「それってまさか……」

「いや、月森ではなかった」先回りして風間さんが答える。「ただ、警察庁のＤＮＡ型データベースにヒットがあった。強盗《ごうとう》事件で逮捕《たいほ》され、現在裁判中《さいばんちゅう》の男だ。男は事件当時、河口湖町に住んでいたそうだ」

　樹海で発見された遺体は腐敗が進んでいた。自殺に偽装《ぎそう》した痕跡が時間経過によって隠されてしまい、警察が見落としたとしても不思議ではない。

「じゃあ、その男が殺人を？」

「その可能性はある。曽根刑事に分析結果を報告し、現地の警察に対応を依頼することになるだろう」風間さんはこちらに体を寄せると、僕の肩にそっと触れた。「君のこだわりが、隠蔽《いんぺい》されていた真相を浮かび上がらせたのだ」

　風間さんの顔が、息遣《いきづか》いを感じるほどすぐ近くにある。久しぶりに嗅ぐ、桃《もも》とライムを合わせたような彼の香り。ほっと心が安らぐ距離感だった。

　僕は軽く首を振り、「偶然《ぐうぜん》もいいところですよ」と苦笑した。狙って引き起こしたわけではないし、そもそもＤＮＡの再分析を思いついたのは風間さんだ。まったくもって僕の手柄ではない。

「確かに偶然ではある。ただ、君が引き金を引かなければこの結果にはたどり着けなかっただろう。前に進むことを決めた人間は、それを誇《ほこ》る権利がある。成果がなかった時に責められるリスクを背負っているわけだからな。少なくとも私はそう考えている」

風間さんの言葉が心に沁《し》み込んでいく。「ありがとうございます」と僕は微笑んでみせた。

「もし殺人事件だとすれば、犯人の証言《しょうげん》から被害者《ひがいしゃ》の身元が分かるかもしれない。一応は、身元の特定に協力できたことになるな」

「そうですね。死香が混ざっていた理由は分からずじまいですけど……」

「前にも可能性を挙げたが、やはり野生動物の仕業かもしれない。動物の遺伝子が検出できれば証拠になるだろう。木下くんにその作業をやらせている」

「じゃあ、それが終わったら、この件はおしまいということで」と僕は言った。いつまでも追求を続けていたら、どれだけ時間があっても足りなくなる。

「そうか。君がいいというなら、切り上げるとしよう」

「ちなみに、死香を活用した身元推測は難しそうですか」と僕は尋ねた。

「死香の類似性《るいじせい》の比較から、個人情報を推測する方法のことだな。せっかくの君のアイディアだが、実用化は厳しい。やはり、時間経過による死香の変化がネックになる」

「分かりました。身元不明相談室の担当者の期待には応えられませんでしたけど、僕の中ではすっきりしました。僕たちがやるべき研究に戻りましょう」

「そうだな。悪い回り道ではなかった」

風間さんがそう呟いた。と、そこで僕は一つ聞き忘れていたことを思い出した。

「ああ、そうだ。動画の解析結果はどうだったんですか？」

「ああ、あれか。周囲の木の高さから、男の身長は一六〇～一六五センチと推定された。月森の身長は一七三センチほどだ。別人と断定して差し支えないだろう」

「じゃ、たまたまうろついてたってだけなんですかね。自殺志願者じゃなければいいんですけど……」

「動画にはクマよけのベルの音が入っていた。今から死のうという人間がそこまで気を遣うとは思えない。森の中にいた理由までは推測できないが、遺体で見つかることはないはずだ。安心したまえ」

風間さんがそう結論づけた時、教員室のドアがノックされ、木下くんが顔を覗かせた。

「先生。データの解析が終わりました」

「早かったな。三つのサンプルに共通する遺伝子はあったかね」

「一つ見つかりました。動物ではなく、植物の遺伝子データベースの方なんですが」

木下くんの報告に、風間さんがぴくりと眉を動かす。

「どういう種類の植物だ？」

「はい。それは――」

木下くんがある植物の名前を口にする。「かなり珍しいもののようです」と彼が付け加えた。その瞬間、風間さんの表情が険しさを帯《お》びた。

「すぐにデータを送ってくれ。私の方でも確認する」

分かりました、と木下くんが部屋を出ていく。

風間さんはソファーから自分の席に移動すると、厳しい顔つきのままパソコンを起動した。

「……風間さん？　どうしたんですか」

風間さんの様子が急変した理由が分からない。離れた位置にあった三体の遺体から、共通の植物の遺伝子が出た。樹海の中で発見されたのだから、そのこと自体はおかしなことではないように思う。

風間さんの背後に回り込み、画面に目を向ける。さっき木下くんから報告があった植物について検索しているようだ。

「……混ざってしまった三つの死香。その謎を解く鍵《かぎ》を我々は見つけたようだ」

「いったいどういうことなんですか」

「桜庭くん。ここから先のことは、君は気にしなくていい。警察に報告はするが、私一人で片を付ける」

風間さんが画面を見つめたまま腕を組む。

「一人でって……。危ないことをするつもりじゃ……」

言いかけた僕の言葉を、「違う」と風間さんが鋭く遮る。

「これは犯罪とはまったく別の問題だ。だが、見過ごすことはできない」

風間さんは睨《にら》むように画面を見つめている。そこには、見知らぬ男性の顔画像が表示されていた。

7

五月三日、金曜日。

寺前恭輔は一人、大学の培養室《ばいようしつ》に籠《こも》っていた。

使い慣れた作業台で、シャーレをじっくりと観察する。薄く固めた寒天培地《かんてんばいち》にはぽつぽつと白い点が見える。コロニーは順調に育ってくれているようだ。

寺前はシャーレに蓋をして、止めていた息を吐いた。呼気《こき》に含まれる雑菌《ざっきん》が付着すると生育に影響が出る恐れがある。そのため、寺前はいつも息を止めて観察を行うようにしていた。マスクをしているし、そこまでしなくても平気かもしれないが、作業の一つ一つを丁寧にやろうと寺前は心掛けている。

観察者の心は、観察される側に伝わる――。

これは、高校時代に寺前が所属していた理科研究クラブの顧問《こもん》教師がよく口にしていた言葉だ。科学的根拠はない。ただ、「伝わっている」と想像することで、サンプルを扱う手付きは優しくなる。悪い影響を避けようという気持ちが生まれる。それが科学研究においてはプラスに働く。恩師の言葉を寺前はそんな風に解釈していた。

今日は祝日《しゅくじつ》なので、大学は休みだ。教授《きょうじゅ》も准《じゅん》教授も学生も来ていない。完全に自分一人だけだ。おそらく、建物全体を見ても数人しかいないだろう。静かな環境で実験ができるので、寺前は人がいなくなる日には必ず大学に顔を出すことにしていた。

フィールドワークは、逆になるべく平日に行う。休みになると一般人が増えて作業がやりづらくなるからだ。寺前の活動場所である山や森は、比較的人家に近いところが多く、青木ヶ原樹海のように、観光地化している場所も含まれる。

「よし、これでオッケー」

観察と培養液の調整を済ませ、寺前は培養室をあとにした。作業はまだあるが、長時間にわたって集中を続けることは効率を落とす。適度な休憩《きゅうけい》は必要だ。

時刻は午後二時になるところだ。教員室に戻り、少し遅《おそ》い昼食をとることにした。今日は生協も学食も閉まっているので、買い置きのカップラーメンで空腹を満たす。

お湯を沸《わ》かす前に、冷蔵庫の冷凍室《れいとうしつ》からマイタケを取り出す。寺前が買って凍らせておいたものだ。マイタケは冷凍することで旨味《うまみ》を増す。これを砕《くだ》いて醤油《しょうゆ》味のラーメンに加えるのが寺前のアレンジレシピだ。

　マイタケとお湯を入れて蓋をしたところで、教員室の電話が鳴りだした。内線だ。

「はい。自然資源科学研究室です」

「あ、寺前さん？」

　電話の相手は、農学部のベテラン事務員だった。連休中、事務室の職員はシフトを組んで勤務している。今日は彼の勤務日なのだろう。

「寺前さんにお客さんが来てるんですよ。風間さんという、東京科学大学の薬学部の先生なんですが……。面会の予定って入ってました？」

「いえ、誰とも会う約束はしていませんが……」

「ですよね。どうされます？　日を改めてもらうように言いましょうか」

「よく分からないですけど、せっかく東京から来てもらったんで応対しますよ」と寺前は言った。

「そうですか。では、そちらの教員室に向かうように伝えますね」

　受話器を置き、時計《とけい》を見る。あと四十秒でラーメンができるが、さすがに食べる時間はなさそうだ。

「まあ、いっか。あとで」

　伸びた麺《めん》でもカロリーは変わらない。それに、時間が経てばマイタケから抽出《ちゅうしゅつ》される旨味エキスも増える。

教員室は、どの机も資料やコピー用紙で溢《あふ》れていて、とても客人を招けるような状態ではない。会議室を利用するのがよさそうだ。廊下で相手を待つことにした。

部屋を出て、廊下の窓から外を眺める。自然資源科学研究室は農学部本館の五階にあり、キャンパスの北側の景色を一望できる。

こうして窓のそばに立つと、視線は自然と富士山に向く。寺前は大学入学以来、ずっとこの富士市で暮らしてきた。数えきれないほど目にしてきた景色だが、見飽きるということはない。

富士山を見ると、頭の中に樹海の景色が思い浮かぶ。

同じように見える森でも、一〇メートル離れただけで生態系は変わる。菌、微生物、昆虫、植物。種類だけではなく比率まで考慮すれば、それらの組み合わせは無限だ。人生を賭《と》して研究したとしても、到底解明できるものではない。だから興味が湧《わ》く。知りたいという気持ちを抑えられなくなる。

そこで寺前は人の気配を感じた。

すらりとした長身の男性が歩いてくる。事務から連絡のあった、風間という研究者だろう。

彼の姿に、本当に大学の教員なのだろうか、と寺前は疑問を覚えた。これまで何百人という国内外の研究者に会ってきたが、明らかにまとっている空気が違う。知性に裏付けられた自信に、高潔《こうけつ》さがプラスされている。その整った風貌《ふうぼう》も相まって、まるで絵本の世界に登場する王子様のようだ、と寺前は思った。

「寺前さんですか」

「あ、はい」威厳《いげん》を感じさせる声に自然と背筋《せすじ》が伸びる。「ど、どうも、初めまして」

「連絡もなしに押し掛けてしまって申し訳ありません」

「今日はこちらにいらっしゃる用事があったんですか」と寺前は尋ねた。以前にも一度、海外の研究者がアポなしで会いに来たことがある。彼は学会のついでにふらりと立ち寄ったと言っていた。

「そういうわけではありませんが、ぜひお会いしたいと思いまして」

「研究に関するディスカッションをお望みでしょうか」

「ええ、そんなところです」と風間が頷く。

研究の話ならば、追い返す必要はなさそうだ。科学者はサイエンスという共通言語でコミュニケーションが取れる。初対面でも問題はない。

近くの会議室に移動し、六人掛けのテーブルを挟んで席につく。

「運がよかった、というべきでしょうか」と寺前は笑みを浮かべてみせた。「今日は祝日ですからね。僕がいなかったらがっかりさせてしまうところでした」

「大学にいらっしゃることは確認済みでした。ここに来る前に、ご自宅《じたく》の方に伺いましたから」

「え？　家に？　どうして住所をご存じなんですか」

「警察から大学の事務に問い合わせてもらいました」と風間はさも当たり前のように言った。「ただし、本人にはそのことを伏せるように言ってあります」

冷たい汗が脇腹《わきばら》をつーっと滑《すべ》り落ちていった。何かがおかしい。

「……待ってください。あなたは本当に研究者なのですか」

「ええ、正真正銘《しょうしんしょうめい》、東京科学大学に勤めています。ただ、それをこの場で証明することは時間の無駄でしょう。名刺《めいし》を差し出したところで、そんなものはいくらでも偽造できますから。効率よく進めるために、そこは不問としてください」

風間は視線を逸らそうとしない。そこに寺前は確固たる意志を感じ取った。

「……分かりました。それで、僕に何の用ですか」

「こちらをご覧《らん》ください」

風間がテーブルに三枚の写真を並べる。それを見た瞬間、寺前は息を呑《の》んだ。そこに写っていたのは、森の中に放置され、朽ちかけた遺体だった。

とっさに目を逸らし、「ひ、ひどいじゃないですか、いきなりこんなものを突き付けるなんて！」と強い調子で言った。

「見覚えはありませんか」

「あるわけないでしょう！」

心拍数《しんぱくすう》が急激に高まっている。寺前はゆっくりと視線を戻した。風間は冷酷《れいこく》な目でこちらをじっと観察していた。

「……これらは、今年の四月上旬に青木ヶ原樹海で発見された遺体です」

「いいから、写真を早く仕舞ってください！」

寺前の要求を無視して風間は続ける。

「私の専門は分析科学です。中でも、死者が放つ臭気についての研究に力を入れています。その関係で警察の捜査に協力することもあります」

「死者の臭気……？」

「年齢、性別、死因、生命活動が停止してからの時間と環境。それらの条件で死臭は変わります。まったく同じ匂いは一つとしてありません」

風間の話がどこに向かおうとしているのかは分からない。それでも、一つだけ確かなことがあった。

この男は、こちらの「嘘」を見抜いているのだ。そうでなければ、わざわざ東京から静岡まで足を運んだりはしない。

寺前はテーブルに置いた自分の指を凝視《ぎょうし》した。とにかく落ち着いて応じなければ。

「……面白い研究だとは思いますよ。ただ、僕の専門分野とは関係なさそうです。ディスカッションしても、お互い何も得るものはないと思いますが」

「我々はこの三体の遺体の死臭を分析し、その成分データを取得しました」

寺前の言葉を無視して風間が続ける。

「それらの成分が、あなたの自宅で採取した空気から検出されています。このことから、あなたが樹海に野ざらしになっていたこれらの遺体と接触したと推測されます」

「か、勝手に自宅に入ったんですか」

「ええ、今朝、あなたが家を出たあとに。アパートの管理人に立ち会ってもらっているので、問題はありません。証拠隠滅《しょうこいんめつ》の恐れがありましたので、無断でやらせてもらいました。なお、室内のものには一切手を触れていません。空気を集めただけです」

淡々《たんたん》とそう語り、風間は「いかがですか」と水を向けてきた。

寺前はゆっくりと顔を上げた。大丈夫だ、と自分に言い聞かせる。慌てることは何もない。

「その分析結果は、警察に証拠として採用されるほど精度が高いのかもしれません。ただ、仮に樹海の遺体に近づいていたとしても、それは罪に該当しないはずです」

「ええ、それはそうです。自分の身内の遺体や、所有する土地で発見された遺体でもない限り、警察への通報義務はありません。そのことを分かった上で、『いかがですか』

と訊いているのです。論点はそんなところにはありません」

「いかがも何も……」と寺前は肩をすくめた。「特にコメントすることはないです」

「我々は遺体の衣服に付着したＤＮＡの分析も行っています。同日に発見されたこの三体から、共通するＤＮＡが検出されました。何か分かりますか」

いったんは落ち着いた心拍数がまた高まっている。寺前は唾を飲み込み、「さあ」ととぼけてみせた。

「アオキガハラヌメリというキノコのＤＮＡです。まさか知らないとは言いませんね。このキノコはあなたが発見し、論文発表したものなのですから」

ああ、と寺前はため息を落とした。風間がここにやってきた理由がようやく理解できた。検出したＤＮＡ断片からアオキガハラヌメリの存在に気づき、そしてその発見者である自分に白羽《しらは》の矢《や》を立てたのだ。

「もちろん知ってますよ。僕の専門ですから」寺前は動揺をごまかすために苦笑してみせた。「遺体からキノコのＤＮＡが出た。一つの事実が提示されましたね。でも、そこから先が分かりません。風間さんは何を言いたいんですか？」

「この遺体写真には、アオキガハラヌメリは写っていません。枯れたにしても、欠片《かけら》も残っていないというのは不自然です。誰かが持ち去った可能性が高いと思われます」

「動物が食べたんじゃないですか」

「アオキガハラヌメリには毒があり、食用には適さない。そう報告したのはあなたでしょう」と風間が即座に切り返す。

話が核心に近づいている。それと同時に、会議室の空気が重くなってきているような気がする。

肩にのしかかる重圧を跳《は》ねのけるように、「回りくどいですね」と寺前は両手を広げてみせた。「結論を言ってくださいよ」

「いいでしょう。私が指摘したいのは、あなたの論文の記述が嘘なのではないか、ということです。アオキガハラヌメリを初めて報告した論文には、『青木ヶ原樹海の、腐朽《ふきゅう》した倒木に生えていた』とありました。あなたは発見場所についてあえて嘘を書いたのではありませんか。本当は、キノコは遺体に生えていたのではありませんか」

「な、何を証拠にそんなことを」

「アオキガハラヌメリは、アンモニアなどの窒素《ちっそ》成分の濃度が高い場所に発生しやすい、アンモニア菌と呼ばれるキノコの仲間です。その類縁種《るいえんしゅ》であるアシナガヌメリに関しては、遺体を埋《う》めた場所に生えるという報告があります。だから、アオキガハラヌメリも同様なのではと推測しました」

「やっぱり分かりませんね」と寺前は嘆息した。ここまで来たら、もう開き直るしかなさそうだ。「確かに、僕は人間の遺体から新種のキノコを発見しました。その発見場所について嘘を書いたことも事実です。でも、だからなんだっていうんですか？　僕は法に触れるようなことはしていませんが」

「なぜ理解できない？　最初から、私は研究者としてのモラルの話をしている」

口調が変わると同時に、風間の視線が険しさを増す。彼は明らかに憤っていた。

「モラル……」

「新しい知見を発見するためなら、何をやってもいいというわけではない」

「遺体を見つけるたびに、警察に連絡しろと？」

「当たり前の話だ。遺体が放置される時間が長くなればなるほど、情報は失われていく。この三体はすべて身元不明になっている。もちろん、本人が自分の素性《すじょう》に繋がる手掛かりを捨てていることは考慮すべきだ。それでも、発見が早ければ結果は違ったかもしれない。無為《むい》の尻拭《しりぬぐ》いを他人に押し付けるような研究は、許されるべきではない」

「いや、通報すると大変な手間が……」

「あなたはキノコを採取するために、遺体に触れている。見て見ぬふりをするのは罪ではないが、触れてしまえば死体損壊の罪に問われる可能性が出てくる。そのことを肝《きも》に銘《めい》じるべきだ」

「……あの、このことを警察に話したんですか」

「当然だ。ただし、証拠を集める労力と、そのリターンの乏《とぼ》しさを考えれば、警察が動くことはないだろう。彼らもそんなに暇《ひま》ではない。だが、あなたが今後も同じことを続けるのならば、警察に対応を促すことになる」

「なんてことを……。暗に研究を止《や》めろと言っているのと同じですよ。あなたは僕の研究をくだらないものだと見なしているんだ」

「勝手に決めつけないでもらいたい。サイエンスに貴賤《きせん》はない。いかなる研究も公平な視点で評価されるべきだ。ただし、ルールから逸脱《いつだつ》した場合はその限りではない。モラルを無視した研究は、どれほど内容が優《すぐ》れていても二流と判断される」

風間は強い口調で断言すると、立ち上がって部屋を出ていってしまった。

寺前はテーブルに突っ伏し、「……分かってるって」と呟いた。

遺体に新種のキノコが生えていることを発見したきっかけは、青木ヶ原樹海のゴミ拾いだった。以前から、菌類の調査のために青木ヶ原には幾度となく足を踏み入れていた。お世話になっている場所だから、なるべくきれいに保ちたい。そんな思いから、ゴミ拾いへの参加を決めたのだ。

そしてその日、トラブルが起きた。二人一組でゴミ拾いをしていたのだが、いつの間にかパートナーとはぐれてしまったのだ。

寺前はいったん遊歩道に戻ろうと思い、一人で森をさまよっていた。そして、朽ちた遺体と巡り合ってしまったのだった。

幸い、その場所は携帯《けいたい》電話の電波が繋がった。ひどく慌てながらも、寺前は警察に状況を話した。

その時だった。状態を説明するために遺体をチラチラ見ていた寺前は、その足の辺りに見たことのないキノコを見つけた。

警察への連絡を済ませ、寺前はキノコをじっくり観察した。そして、それが青木ヶ原固有の新種である可能性に気づいたのだった。

その後、寺前はアオキガハラヌメリの生態の研究を始めたのだが、実験室での培養がなかなかうまくいかず、大きく育てることができなかった。菌を使いきるたびに寺前は青木ヶ原に足を運び、アオキガハラヌメリを探して回った。

目的のものを見つけるより先に、寺前は再び遺体と巡り合ってしまう。そして、前回と同じように、朽ちた肉体の傍らにアオキガハラヌメリを発見した。

その段階で、寺前は閃《ひらめ》いた。このキノコの生育には、タンパク質の腐敗によって生じる栄養分が必要なのではないか——。

寺前はその仮説を検証するために、次からは遺体を探す方に力を入れた。

仮説は正しかった。アオキガハラヌメリと遺体は、常にセットで発見されることが分かったのだ。風間に指摘された三体の遺体も、フィールドワークの中で出会ったものだった。

ただし、最初の遺体発見以降、寺前は一度も警察に通報していない。遺体を放置することへの罪悪感がないわけではない。それでも、発見するたびに警察に事情を説明していたら、研究に使える時間が大きく削《けず》られてしまう。それが嫌で、寺前は無視を決め込んでいたのだった。

風間の怒りは本物だ。寺前はそう感じていた。反省の色がないと判断すれば、躊躇《ちゅうちょ》なく警察に働き掛け、こちらの行動を封じ込めに掛かるだろう。アオキガハラヌメリの研究は打ち切るしかなさそうだ。

大きくため息をつき、ゆっくり立ち上がる。

会議室の窓から、富士山が見えていた。その裾野《すその》に広がる森には、今もたくさんの遺体が放置されているのだろう。そして、その中には自分が素通りしたものも含まれているはずだ。

「……また、ボランティアに行くか」

寺前はそう呟き、しばらく富士山を眺め続けた。

8

僕はロビーのベンチで一人、ぼんやりとスマートフォンを見つめていた。

見知らぬ大学の、誰もいない空間。何か、夢の世界に迷い込んだような感覚がある。

風間さんとここで別れてから、もう三十分以上になる。彼が降りてくる気配はない。

果たして、寺前さんとの話し合いはうまく進んでいるのだろうか。

小さな不安と共に待っていると、やがて風間さんが戻ってきた。

「お疲れ様でした」と僕は立ち上がった。

「ああ」

風間さんは軽く頷いただけで何も話そうとしない。その口元に笑みは一切ない。

「……ど、どうでしたか」と僕は恐る恐る尋ねた。

「伝えるべきことは伝えきった。あとは相手がどう受け止めるかだ。釘《くぎ》を刺しておいたから、同じ行動を繰り返すことはないだろう」

「とりあえず、目的は果たせたってことですね」

僕はそのことに安堵《あんど》する一方で、風間さんの態度に違和感を覚えていた。抱えていた問題が解決したというのに、喜んでいる様子がまるでない。今日はずっと眉間にしわが寄りっぱなしだ。

農学部の建物を出て、歩きながらタクシーを呼ぶ。今日は行きも帰りも新幹線だ。

「すぐに来るそうです。正門前のコンビニのところで待ちましょう」

「分かった。行こうか」

風間さんと並んで、桜の木が立ち並ぶ通りを歩いていく。

二人きりの空間は静けさに満ちていた。風間さんは口を結び、黙って前を見ている。

「……すみません、こんな役回りをお願いすることになってしまって」僕は歩く速度を落とした。「風間さんに余計な苦労を掛けてしまいました」

「君が謝る必要はない。君は感じたままのことを報告し、私はそれによって生じた疑問を解決する努力をした。最善を尽くした結果だ。私はこれでよかったと思っている」

「でも、ずっと不機嫌《ふきげん》そうじゃないですか」

言えずにいたことを、思い切って風間さんにぶつける。

風間さんは左手で自分の顔に触れ、そこで立ち止まった。

「……そうか。無意識のうちに、苛立《いらだ》ちが顔に出ていたようだ」

「それだけ、寺前さんの行動が許せなかったということでしょうか」

「いや、そうではない」風間さんは首を振り、僕の顔をじっと見つめた。「私が腹を立てているのは、あの男のせいで君がいらぬ苦労をしたからだ。あの男が遺体を発見したことを報告していれば、不可解な死香の混和《こんわ》は生じず、君がわざわざ青木ヶ原に足を運ぶこともなかっただろう」

風間さんの怒りの理由を聞き、僕は深く安堵した。そうか。彼は僕のために憤ってくれていたのだ。

風間さんはいつも僕のことを一番に考えてくれる。自分はなんて幸せ者なのだろう。素直にそう思った。

再び歩き出したところで、「ああ、そうだ。木下くんが君に感謝していた」と風間さんが言った。

「僕にですか?」

「彼にDNAの解析を手伝ってもらっただろう。自分がやりたかった分野に触れられたことを喜んでいた。『桜庭さんに相談に乗ってもらってよかった』と言っていた。私からも感謝する。君のおかげで、不幸な思いをする学生を一人減らすことができた」

「そう言ってもらえると僕も嬉しいです」と僕は微笑んだ。研究室の学生さんとのコミュニケーションはやはり大事だ。これからも、何か力になれることがあれば積極的に手を貸したいと思う。

やがて正門が見えてきた。道路を挟んだ向かいのコンビニの駐車場にタクシーが入っていく。

「あ、来たみたいですね、タクシー」

「そうか。今日は仕事はオフにしよう。帰京後はまっすぐ自宅に帰ろう」

「あ、そうだ!」と僕は手を打った。「来る時に熱海《あたみ》を通ったじゃないですか。その時に思い出したんです。露天風呂《ろてんぶろ》に浸《つ》かりに、風間さんとまた日光《にっこう》に行くって約束を」

「ああ、私も同じことを思った」と風間さんが小さく笑う。「スケジュールの調整がつかずに先送りになってしまっていたな」

「怪我の治療にもなりますし、ちょうどいいタイミングかなって思ったんです」僕はそこで唾を飲み込んだ。「なので、思い切ってどこかで揃《そろ》って休みを取りませんか」

僕は勇気を出してそう提案した。

風間さんは顎を撫でつつ何秒か考えて、「それなら、これから行こう」と思いがけないことを口にした。

「え、これからですか？」

「ああ。日光もいいが、熱海にもいい露天風呂がある。途中《とちゅう》下車して一泊し、明日東京に戻ることにしよう」

「それはすごく魅力的《みりょくてき》なアイディアですね。でも、今は連休の真っ最中です。泊まるところを見つけられるでしょうか」

「私の父がよく利用しているホテルがある。そこなら、ある程度融通《ゆうずう》が利くはずだ。もし無理でも、風間計器の保養施設《しせつ》に泊まることができる」

「それなら大丈夫そうですね」

「そもそも、泊まるところはそこまで問題ではないだろう。君と二人でゆっくり体を休める。それが目的なのだからな」

風間さんが楽しそうにしている。その姿を見ていると、僕もワクワクしてきた。思いがけなく叶《かな》った二人での旅行。こういうのを「災《わざわ》い転じて福となす」というんだろうな、なんてことを考えつつ、僕は歩く速度を上げたのだった。

第三話

絶望の果ての死は、すべての香を封じる

1

新見《にいみ》楓《かえで》はノックの音で我《われ》に返った。

いつの間にか、約束の時間になっていた。スマートフォンをヘッドボードの棚《たな》に置き、楓はベッドから立ち上がった。

ドアに近づいたところで、楓はふと立ち止まった。

本当に、開いてしまっていいのだろうか……。

銀色のドアレバーをじっと見つめていると、ベッドのところに置いたスマートフォンに着信があった。二回だけ振動《しんどう》し、すぐに止《や》む。電話を掛けてきたのは、おそらくドアの向こうにいる人物だ。

ふいの振動音で心拍数《しんぱくすう》が急上昇していた。

鼓動《こどう》に押されるように、楓はドアを開いた。

ホテルの廊下《ろうか》に、帽子《ぼうし》を被《かぶ》った女性が立っていた。マスクで口元を隠している。年齢《ねんれい》は四十代後半か。顔を合わせるのはこれが初めてだったが、声のイメージよりは優しそうな眼差《まなざ》しをしていた。まぶたが少しむくんでいて、疲《つか》れているようにも見えた。

彼女の本名は知らないが、ＳＮＳでのやり取りの際はアウラと名乗っていた。

「中で話しましょうか」

「あ、はい……」

楓が身を引くと、彼女はするりと室内に入ってきた。緊張《きんちょう》している様子は微塵《みじん》も感じられない。むしろ慣れているなという印象さえ受けた。

「そちらへ」

帽子を脱《ぬ》ぎ、アウラがベッドに手のひらを向ける。彼女に導《みちび》かれるように、楓はそこに座った。

窓際のデスクの椅子《いす》を一八〇度回し、アウラがゆっくりと腰を下ろす。

「気分はいかがですか」と彼女が穏《おだ》やかに言葉を掛けてきた。

せっかくこうして会いに来てくれたのだ。正直に話さなければいけないと自分に言い聞かせつつ、「あまり、よくはありません」と楓は首を振った。「辛《つら》いことばかり思い出します」

「そうですか。『旅立ち』への想いが日に日に募《つの》っている感じでしょうか」

アウラがあえてぼかした表現をする。もちろん、ただの旅行の意味ではない。向かう先は彼岸《ひがん》……死者たちの待つ世界だ。

もし人生を終わらせたいのなら、お手伝いしましょうか――。

ＳＮＳでのメッセージ交換《こうかん》を何度か経《へ》たあと、アウラはいきなりそう提案《ていあん》してきた。

これまでにも、死を望む人々を苦しませることなく救ってきたんです、と彼女は誇《ほこ》らしげに語った。

ただし、ただのボランティアではない。『旅立ち』の報酬《ほうしゅう》としてアウラは五百万円という金額《きんがく》を提示してきた。

高いとはまったく感じなかった。楓は東京《とうきょう》を発《た》つ前に貯金を下ろし、要求された金額を持ってこの熱海《あたみ》の地にやってきた。

自宅《じたく》を出た時は、アウラに救済してもらうつもりだった。ただ、こちらに来てから心に揺《ゆ》らぎが生じていた。

彼女の視線《しせん》を感じる。楓は相手の胸元を見つめながら、「……迷っています」と正直に自分の気持ちを口にした。

「ご家族のことが気になりますか？」

「家族はそんなに」と楓は首を振った。「悲しませてしまうのは申し訳ないです。でも、きっと私の気持ちを理解してくれると思うので」

「では、やり残したことへの未練でしょうか」

「……それも違う気がします。仕事でも趣味《しゅみ》でも、生きて何かを成し遂げたいという気持ちはありません」

楓がそう答えると、アウラは黙り込んだ。

しばらく待っても、彼女が口を開く気配はない。怒らせてしまったのだろうか。そっと表情を窺《うかが》うと、彼女はマスクを外して微笑《ほほえ》んだ。

「分かりますよ、あなたの気持ちは」アウラが優しい声で語り掛けてくる。「この世に別れを告げることへの、漠然《ばくぜん》とした不安があるのでしょう」

彼女の言葉に、ぽろぽろと涙《なみだ》がこぼれた。

「すみません、親身《しんみ》になって相談に乗ってくださっているのに」

楓が頭を下げて謝罪すると、「いいんですよ」とアウラは笑みを浮《う》かべた。「そういう方はよくいます。すんなりと決断する人の方が少数派です」

「本当に情けないです。他にもうどうしようもないって分かってるのに……」

涙が抑えきれない。うつむき、嗚咽《おえつ》をこらえながら悲しみの衝動《しょうどう》が去るのを待つ。

と、そこで肩に温かい手が触《ふ》れた。顔を上げると、アウラと目が合った。

「もう少し待ってみましょう。こちらから判断を急がせることはありませんから、ゆっくり考えてください。もちろん、生きるという選択肢《せんたくし》も含《ふく》めて」

「……はい。ごめんなさい」

「謝らないでください。ずっと部屋にいると、思考が堂々巡《どうどうめぐ》りになりがちです。散歩で気分転換することをお勧めします」アウラはそう語り、ベッドの上のスマートフォンを見た。「まだ使いそうですね」

「ええ、そうですね。……ごめんなさい」

そのスマートフォンはアウラから送られてきたものだ。位置情報から居場所をたどられないように、自分が使っていた端末《たんまつ》は自宅に置いてきた。

「気にしないでください。また連絡《れんらく》します」

アウラはその言葉を残し、部屋を出ていった。

一人に戻り、楓は大きく息を吐《は》き出した。

確かにアウラの言う通りだ。部屋に籠《こも》っていても何もいいことはない。苦しみで満たされた記憶《きおく》とひたすら向き合う羽目になるだけだ。まだ景色《けしき》でも眺《なが》めてぼんやりする方がいい。

涙が収まるのを待ち、楓はホテルの部屋を出た。それだけで重苦しかった気分が少し軽くなる。二日前にコンビニで食料を買ってからはずっと部屋にいた。食欲がないので、ここのところは一日一食で過ごしている。

エレベーターで一階に降《お》り、ロビーを通り過ぎて外に出た。

ふっと、潮《しお》の香《かお》りのする風が髪を揺らしていく。ホテルは小高い丘の上に建っており、すぐ目の前に太平洋が広がっている。心が疲れ果てていても、まだその光景を美しいと感じる感性は失われてはいなかった。

時刻《じこく》は午後三時を過ぎたところだ。夕暮れまで海を眺めて過ごすのも悪くない。砂浜に降りることはできるだろうか。もう一週間もこのホテルに逗留《とうりゅう》しているのに、そんなことさえ分からない。

とりあえず辺りを歩いてみよう。そう思って歩き出した時、背後から拍手が聞こえてきた。

振り返ると、ホテルの二階のバルコニーにたくさんの人が集まっているのが見えた。全員が礼服を着ている。結婚式《けっこんしき》のセレモニーだ。

通路の左右に並んだ参列者の間を、新郎《しんろう》と新婦《しんぷ》が歩いていく。周りの人たちは花びらやリボンを投げながら、祝《いわ》いの言葉を口々に叫んでいる。

幸せの象徴のような光景に、ぎゅっと圧縮《あっしゅく》されたように視界が狭《せま》くなる。

楓はいたたまれなくなり、ホテルの中へと逃《に》げ込《こ》んだ。

誰《だれ》もいないところに行きたいのに、足が震《ふる》えてうまく歩けない。それでも楓はなんとか自分の部屋に戻ってきた。

ベッドに潜《もぐ》り込《こ》み、震えが収まるのを待つ。

目を閉じると、まぶたの裏にさっきの結婚式の様子が浮かんでくる。追い払おうとすればするほど、新郎と新婦の様子が鮮明《せんめい》になっていく。

やがて新郎の顔が、あの男のものへと変化していく。「やめて!」と楓はベッドの中で叫んだ。

婚約者である自分を捨てて他の女のところに走った、最低の男。人生で最も愛《あい》した相手は、今は人生で最も憎い人間へと変化していた。

「……やっぱり、死のう」

楓はそう呟《つぶや》くと、ヘッドボードの棚に置きっぱなしだったスマートフォンを摑《つか》んだ。

2

僕は森の中を歩いていた。白いタイルが敷《し》かれた道が延びていて、足元を気にせずに進んでいくことができる。

周りにひと気はない。穏やかな風が吹いていて、おいでおいでをするように枝葉の作る影が動いている。

しばらく進んでいくと、道が二手に分かれていた。どちらも森の奥《おく》へと続いているが、先を見通すことはできない。

「うーん、どっちかな……」

足を止めて考えるが、なかなか答えが出ない。

そうして悩《なや》んでいると、スマートフォンの振動音が聞こえてきた。慌《あわ》ててポケットをまさぐるが、どこにもスマートフォンは見当たらない。

おかしいな、と焦《あせ》り始めたところで、僕はぱっと目を開けた。

広々とした部屋に敷かれた水色のカーペット。白い天井《てんじょう》で輝《かがや》くシャンデリア。並んで置かれたダブルサイズのベッド。ベランダの向こうに広がる夜の海……。見慣れない景色に、頭が一瞬混乱する。

「あ、そっか……ホテルだ」

自分が泊まりに来ていることを思い出したところで、振動音が続いていることに気づく。うたたねしていたソファーから立ち上がり、テーブルの上のスマートフォンを手に取る。画面《がめん》には樹《いつき》さんの名前が出ていた。

「こんばんは。珍《めずら》しいですね、電話なんて。どうされたんですか？」

「いや、特に用事はないんだけどよ。何してんのかなって」

樹さんの声は弾《はず》んで聞こえた。彼は四月末でまごころクリーニングサービスを辞め、今は連休を満喫《まんきつ》しているところだ。

「旅行に来てます」

「へえ、いいじゃんか。どこだ？」

「熱海です。昼間に静岡《しずおか》の方で用事があって、帰りに寄ったんですよ。一泊して、明日東京に戻ります」

「用事って、もしかして風間《かざま》さんと一緒なのか」

「そうなんですよ。今日はこっちでサンプル採取《さいしゅ》があって」と僕は適当なことを口にした。本当は青木《あおき》ヶ原《はら》で見つかった死香《しこう》の謎《なぞ》を解明するためなのだが、さすがに正直に話すことはできない。

「泊まりも同じところか」

「はい、同室です。だから、めちゃくちゃ贅沢《ぜいたく》させてもらってます」と僕は笑った。今日の宿《やど》は海岸沿いの、全室オーシャンビューのリゾートホテルだ。そして部屋は、露天《ろてん》風呂《ぶろ》付きの八〇平米もあるスイートルームである。一泊いくらか想像もつかないが、並みのビジネスホテルなら軽く二十回は泊まれるのではないかと思う。

「マジかよ。それは素直《すなお》にうらやましいな。嫁《よめ》さんと結婚前に何度か熱海は行ったけど、いいところだよな。また行きたいなって話してんだ」

「樹さんはどこかに行かれましたか」

「いや、今の時期はどこも混んでるだろ。嫁さんの体調もあるし、出歩くのは止めておこうって決めたんだ」と樹さんは残念《ざんねん》そうに言った。彼の奥さんは妊娠中だ。もう少し体調が安定するまでは旅行はお預けのようだ。

「ところでよ」と樹さんが声のトーンを落として言う。「今後の身の振り方について、何か進展はあったか？」

真剣《しんけん》な口ぶりに、樹さんはこの話をしたかったのだな、と僕は気づいた。室内を見回すが、風間さんの姿は見当たらない。僕が居眠りしている間に外に出たのだろう。

僕は窓際の椅子に腰を下ろし、夜空を見上げた。明るい星が一つ瞬《またた》いている。

「……まだ答えは出ていません。ただ、大学の仕事に興味《きょうみ》が出ているのは確かです」

と僕は言った。

先日、木下《きのした》くんの悩み相談に乗った時に、秘書の仕事の範囲《はんい》が思っていたより広いことに僕は気づいた。正確には「広い」ではなく、「広げてもいい」と言うべきだろう。本来の業務を遂行《すいこう》しつつ、積極的にやることを見つける。それ自体が、秘書の役割の一部なのだ。

少なくとも風間さんのところでは、自分の仕事の内容をある程度決めることが許される。それは僕にとっての新たな発見で、秘書という仕事に対する興味が広がるきっかけになった。

「いろいろ考えるのはいいことだと思うぜ」と樹さんが嬉《うれ》しそうに言う。「俺も、結婚して仕事を辞めるって決断するまでに結構悩んだからさ。力になれると思うから、相談したかったらいつでも連絡をくれよな」

「ありがとうございます。落ち着いたらまた食事にでも行きましょう」

「そうだな。野々口《ののぐち》も誘ってな。じゃ、旅行を楽しめよ」

樹さんとの通話を終え、ふっと息をつく。時刻は午後十時になるところだ。

テレビをつけ、バラエティー番組をぼんやりと見ながら風間さんの帰りを待つ。しかし、十時半になっても彼は戻ってこなかった。

夕食のあと、風間さんは部屋で文献《ぶんけん》を読んで過ごしていた。その姿をちらちら見ながらスマートフォンを眺めているうちに僕は寝落ちしたわけだが、午後九時十五分頃《ごろ》までは起きていた記憶がある。いつ出ていったのか分からないが、風間さんはそれなりに長い時間戻ってきていないようだ。

室内には風間さんの荷物が残されたままになっている。愛用のプラチナ製のスマートフォンも机の上に置きっぱなしだ。カードキーだけ持って外出したらしい。

このホテルには大浴場があるが、彼は部屋付きの露天風呂を利用すると言っていた。知らない人間の前で肌を晒《さら》すのが苦手なのだそうだ。その気持ちは僕にも分かる。女性に間違われやすいので、男湯にいると常に周囲からの視線に晒される羽目になる。あれは気分が悪いものだ。

入浴以外だとすると、行き先の推測《すいそく》は難しい。このホテルには様々なレクリエーション施設《しせつ》があるため、一つに絞《しぼ》り込めないのだ。

とはいえ、ずっと一人で部屋にいるのは退屈だ。探検がてらホテルの中をうろついてみることにした。

部屋から廊下に出る。向かって左手の方に、匂《にお》いが続いている。とうもろこしと蕎麦《そば》とちくわ……昼間に寺前《てらまえ》さんの自宅を訪ねた時に感じた死香だ。それが僕たちの体に付着している。これをたどれば、風間さんの居場所が分かるはずだ。僕はさっそく、匂いの続いている方へと歩き出した。

来た時にも感じたことだが、このホテルは廊下が広い。大型のスーツケースを引いている客同士が、互いに進路を譲ることなくすれ違えるほどの幅がある。富裕層向けの宿泊施設であることがよく分かる。

泊まっている人は海外からの旅行者が多いようだ。年齢は五十歳から六十歳くらいで、いつも同行者と穏やかに会話を交わしている。人生そのものを楽しんでいるのだな、と感じる姿だ。

いつかは自分もそんな暮らしができたらなあ、と空想しつつ、僕はエレベーターホールにやってきた。

死香は階段の方に続いている。どうやら風間さんは下の階にいるようだ。

嗅《か》ぎ取れるかどうかギリギリの匂いを頼りに階段を降りていく。

匂いは二つ下のフロアで廊下の方へと向きを変えた。人の行き来が多いせいか、ここまで来ると死香はほとんど消えてしまっている。

死香による追跡《ついせき》を諦《あきら》め、辺りを見回しながら廊下を歩いていく。

この階には宿泊者用の様々な施設が集まっていた。サウナ、マッサージ、ビリヤード室に、子供用のアスレチックルーム。図書室なんてのもある。

きょろきょろしながら進んでいた僕は、再び死香を感じて足を止めた。匂いはトレーニングルームに向かっている。

自動ドアをくぐってトレーニングルームに入る。

奥へと延《の》びる細長い空間に、フィットネスバイクやランニングマシン、特定の部位を鍛《きた》える各種の筋肉トレーニングマシンが並んでいる。それぞれのマシンはすべて窓の方を向いて設置《せっち》されており、太平洋を望みながら運動ができるように配慮されていた。

ここに風間さんがいるのだろうか。彼を探して奥へと進んでいく。

と、突き当たりに並ぶベンチに、見覚えのある背中を見つけた。風間さんだ。

彼は軽くうつむいた姿勢でベンチに腰掛け、へその辺りで右手をゆっくりと上下に動かしていた。腹痛の時にお腹《なか》をさする動きに似ている。

一体、何をしているのだろう……？

首をかしげながら近づいていく途中《とちゅう》で、右奥に鏡が見えた。

そこに、風間さんが映っている。彼は長さ十五センチほどの小ぶりなダンベルを右手で持ち、それを上げたり下ろしたりしていた。

それを見てようやく、右手のリハビリのためにここに来たのだ、と思い至《いた》った。

風間さんの表情は険しい。眉間《みけん》にしわを寄せ、奥歯を食いしばって右手を動かしている。ダンベルは重くはなさそうだ。たぶん、二キロ程度のものだろう。それですら、あれだけ力を入れないと動かせないのだ。

右腕《みぎうで》の怪我《けが》の後遺症《こういしょう》が長引いているということは聞いていた。「理想の動きができない」ということで、現場で空気を集める作業は僕が代行している。

それでも、日常生活では風間さんは怪我をする前と同じように右手を使っていた。だから、近いうちに元通りになるのだと勝手に思い込んでいた。だが、実際はそんなに甘《あま》いものではなかった。風間さんは僕の知らないところで必死にリハビリに取り組み、なんとか普段の生活が送れるようになっただけだったのだ。

風間さんは元のパフォーマンスを取り戻すために、こうしてリハビリを重ねている。

そのことを他人に知られたくはないのだろう。少なくとも僕に対しては心配を掛けまいとするだろうし、現に今の今まで風間さんの苦労を知らなかった。

声を掛けるのは止めておこう。何も見なかったことにすべきだ。

僕は心の中で「頑張ってください」とエールを送り、そっとその場を離れた。

3

翌日《よくじつ》、午前十一時過ぎ。僕は風間さんと共に宿泊先のホテルに戻ってきた。

「いやー、気持ちよかったですね」

「ああ」と風間さんが力強く頷《うなず》いた。「秘湯《ひとう》があるとは聞いていたが、期待以上に素晴《すば》らしい泉質《せんしつ》だった」

「部屋に戻る前に、軽く涼《すず》んでいきませんか」

「そうだな。水分補給は重要だ」

　自販機で炭酸《たんさん》飲料を買い、丸みを帯びた赤いソファーに並んで腰を下ろす。ロビーの隅《すみ》にはグランドピアノが設置されており、ゆったりした曲が生演奏《なまえんそう》されている。優雅《ゆうが》で贅沢な空間だ。

　ふーっと長く息を吐き出す。隣を窺うと、風間さんの首筋が赤く火照《ほて》っていた。たぶん僕も同じ状態だろう。体中がぽかぽかと温かい。といっても暑くて汗が滲《にじ》むという感じではなく、ふわふわの毛布にくるまっているかのような心地よさだ。

　僕たちが利用した温泉は、熱海市の南西部の山中にあった。車を降り、長い階段を上がった先にある私設の露天風呂で、観光客がほぼ訪れることのない穴場だという。実際、連休中にもかかわらず利用者は僕たちだけで、ゆっくりとお湯に浸《つ》かることができた。岩を組んで作った湯船を木製の薄い壁《かべ》が囲っているだけのシンプルな造りだが、この上ない開放感は、なかなか味わえるものではない。まさに至福の時間だった。

「お昼ご飯を食べたら、ちょっと昼寝したいですね」

風間さんの計らいで、部屋は午後四時まで利用できる。せっかくだ。たっぷりと贅沢な時間を楽しんでから東京に戻りたい。

「ああ。自由にして構わない。私も新着文献に目を通してのんびり過ごすつもりだ」

「それ、のんびりになりますか？」と僕は苦笑した。「仕事をしてるじゃないですか」

「自分の研究から少し離れた分野の論文だよ。だから、私にとっては雑誌を読むような感覚だ。緊張感はない。充分にリラックスできる」

「それならいいんですけど」

と、そこで風間さんが急に黙り込む。

彼はしばらく辺りに視線をさまよわせてから、「……昨日も死香を嗅いだだろう。疲れは取れたかね？」と尋《たず》ねてきた。

「あ、はい。体調はいいです。食べられないものがまた増えたっぽいですけど」

樹海で見つかった遺体《いたい》の死香に関しては、かなりの回数を嗅いだ。とうもろこし、蕎麦、ちくわの三つの食材は、おそらく悪臭化《あくしゅうか》してしまっただろう。

この中だと、とうもろこしがアウトになった影響《えいきょう》が一番大きい。とうもろこしの粉で作ったトルティーヤを週に二、三回は食べていたからだ。米とパンも食べられないので、炭水化物の摂取源《せっしゅげん》になる主食を考えないといけない。残された選択肢からだと、じゃがいもや豆類が候補《こうほ》になるだろう。

「……息苦しくはないかね」

「食生活のことですか？　うーん、確かに困る場面はありますけど、割合で言えば食べられる物の方がまだ全然多いですから。限られた中からあれこれ考えてメニューを決めるのは、やってみたら意外と楽しいですよ」と僕は笑ってみせた。

　最初に食べられなくなったのが米だったこともあり、自分の体質について真剣に悩み、辛い気持ちを抱えていた時期もあった。しかし、今はそこまで苦ではない。ハンディキャップに慣れたというのもあるが、風間さんが味方になってくれたことが大きいように思う。課題に対して一緒に戦ってくれる人がいるだけで、感じ方は全然違ってくる。気持ちに余裕《よゆう》が生まれる。だから、自然と「楽しむ」という言葉が出てきたのだ。

「無理をしているんじゃないか」

　風間さんが眉根《まゆね》を寄せて言う。その目には不安の色が浮かんでいるように見えた。どうしたのだろう。今日はいつになく僕のことを心配してくれている。食べられなくなった食材の話をしたのはまずかったかもしれない。

「いえ、本当に大丈夫ですよ。体重は風間さんと出会った頃と変わってませんよ。むしろ、以前より筋肉質になったと思っています。さっき見ましたよね、僕の裸《はだか》」

　服を脱ぐ時や洗い場にいる時、僕は何度も風間さんの視線を感じた。僕の健康状態が気になって仕方ないのだろう。

「悪いが、厳密《げんみつ》な比較《ひかく》はできない。眼鏡《めがね》を外していたからな」

「あ、そっか。じゃあ、顔色を見れば分かるんじゃないですか」と僕は自分の顔を指差した。

風間さんはスマートフォンを取り出し、何度か画面をフリックして、「ふむ。健康状態は悪くなさそうだ」と言った。

「何を見ていたんですか？」

「君の写真だ。以前に撮影《さつえい》したものと比較した」

いつの間に写真なんか撮っていたのだろう。首をかしげたところで、目の前をショートカットの女性が通り過ぎていった。

「ん？　今のって……」

僕の呟きに、彼女がこちらを振り返る。きりりと涼やかな目元と、細くて濃い眉。その中世的な顔立ちには見覚えがあった。そこにいたのは、新見梓《あずさ》さんだった。

彼女は警視庁捜査一課に所属《しょぞく》する現役の刑事で、捜査協力の際に何度か行動を共にしたことがあった。まだ二十代だが、きっちりとした仕事をする、優秀な刑事さんだと僕は思っている。

「風間先生、桜庭《さくらば》さん。ご無沙汰《ぶさた》しております。こんなところでお会いするとは思っていませんでした」

　驚《おどろ》きの表情で彼女が僕たちのところにやってきた。

「僕もです。新見さんはお仕事ですか」と僕は尋ねた。新見さんはスーツ姿だ。

「……いえ、私用です」

　神妙に言い、「人探しをしているのですが」と新見さんがスマートフォンを差し出した。画面には一人の女性が映っている。年齢は三十歳前後だろう。目尻は下がり気味で、やや隈《くま》が目立つ。控《ひか》えめな笑みからは、穏やかそうな人という印象を受けた。

「旅行中に、この女性を見掛けませんでしたか」

　いえ、と僕は首を振った。風間さんも「見覚えがありません」と即答した。

「この方を探しているんですか」

　僕の問いに、「ええ、私の姉です」と新見さんはため息をついた。「二週間前から連絡が取れなくなっています」

　お姉さんの名前は、楓さんというそうだ。東京で一人暮らしをしていたのだが、誰にも何も言わずにふらりと姿を消したらしい。自宅にはスマートフォンが残されたままで、連絡がつかない状態だという。

「あの、よかったら話を伺《うかが》わせてもらえませんか」と僕は言った。「もしかしたら力になれるかもしれませんし……」

　ちらりと風間さんを見る。彼は無言で頷いた。表情は冷静だ。呆《あき》れたりうんざりしている様子はない。僕がそう言い出すことを予想していたのかもしれない。

「では、お言葉に甘えて……」

風間さんが一人分横に移動し、空《あ》いたところに新見さんが座る。

「失踪《しっそう》の理由について、心当たりはあるんでしょうか」と僕は尋ねた。

「……あります」と新見さんは憂鬱《ゆううつ》そうに言う。「姉には婚約者がいました。勤めていた不動産会社の同僚《どうりょう》で、一年ほど交際していたようです。半年前に婚約し、この十月に結婚式を挙げることまで決まっていたんです。ところが、今年の三月になって突然、向こうから一方的に別れを告げられたんです」

「婚約破棄《はき》の理由はなんだったんですか」

「相手からは『迷いが生じた』と言われたらしいです。ただ、おそらくそれは本心ではありません。婚約相手の男性は三月末で会社を辞め、別の女性と結婚してしまったのです。相手は資産家の令嬢《れいじょう》でした。不動産取引を通じて知り合ったのだと思われます。金銭的《きんせんてき》な面で彼女に魅力《みりょく》を感じ、あっさり姉を捨てたのでしょう」

「それはショックを受けて当然ですね……」

ひどい話だ。僕はまったくの部外者だが、聞いているだけでムカムカしてくる。せめて元婚約者の男性を訴《うった》えて、相応の慰謝料《いしゃりょう》を取るべきだと思う。

「失踪後、彼女と連絡は取れていないのでしょう。どうして熱海で捜索を？」

風間さんが淡々《たんたん》と質問する。

「姉の残したスマートフォンの検索履歴《りれき》を確認したところ、熱海で宿泊先を探していた形跡があったんです。どこに泊まっているかまでは分からなかったので、しらみつぶしに調べているところです」

「気を悪くしたら申し訳ないが、宿泊費の面から考えると、このホテルを選んだ可能性は低いのではないでしょうか」

風間さんの指摘《してき》に、新見さんが「ごもっともです」と呟く。

「ただ、高級リゾートホテルも除外はできないと私は考えています。というのも、失踪前に姉は貯金をすべて引き出していたからです。その額は六百万円近くにもなります」

新見さんが語った楓さんの行動に、僕は不穏《ふおん》なものを感じた。そんな大金をいったい何に使うつもりなのか。

彼女は婚約者に裏切られ、深く傷ついていた。その背景を考えると、どうしても「自殺」というワードが思い浮かんでくる。最後にお金をパーッと使ってから、思い残すことなくこの世を去る……そんな思考はありうるだろう。

しかし、逆に言えば、「まだやりたいことがある」とも考えられる。急いで彼女を見つければ、最悪の事態は回避できる。

「もう、この辺りのホテルは全部回りましたか？」

「いえ、まだ半分ほどです。休暇を取って何度かこちらに足を運んでいるのですが、熱海には百二十軒ほどの宿泊施設がありますから」

「もしよかったらお手伝いしましょうか」

言ってしまってから、しまった、と僕は焦りを覚えた。反射的に口走ったが、今は風間さんとの旅行中である。少なくとも彼の考えを先に確認すべきだった。

「桜庭くん」僕が視線を向けるより先に風間さんが口を開いた。「君がそう言うことは予想していた」

「あ、はい。どうもすみません、勝手なことを言ってしまって……」

「謝る必要はない。それで、具体的にはどう捜索《そうさく》に協力するつもりなんだね」

「それはまあ、ホテルを一軒一軒訪ねて回るしかないかなと……」

「あまりに非効率だな、それでは」と風間さんが首を振る。「個人でやれることには限界がある。どうせ君のことだ。やるなと言っても聞き入れることはないだろう。それならせめて、可能な限り効率よく事を進めるべきだ」

風間さんはすっと立ち上がり、フロントの方に歩いていった。

彼が二言三言話すと、奥からスーツ姿の中年の男性が出てきた。雰囲気《ふんいき》的に上の方の役職に見える。「責任者と話したい」とか何とか言ったのかもしれない。

「……すみません。桜庭さんを巻き込むつもりはなかったんですが」と新見さんが申し訳なさそうに言った。

「気にしないでください。話を聞きたいとお願いしたのはこちらの方ですから」

「ですが……」

「それより、お姉さんのことをもっと詳しく聞かせてほしいです。お二人の仲はいいんですか？」

重い雰囲気を打ち消せないかと思い、僕は話題転換を試みた。

「そう……ですね。姉はとても真面目《まじめ》な性格で、どんなことに対しても真剣に取り組むことができる人間です。学校の勉強も家事の手伝いも友達付き合いも、姉は一切手を抜くことなく、全力で向き合っていました。傷つくこともあったようですが、彼女はいつでもまっすぐ前を見ていて、私はそんな姉の姿にたくさんの勇気をもらいました。……お互いに成人してからは会う機会が減りましたが、彼女への尊敬の気持ちは今も変わっていません」

新見さんは熱の籠もった口調でそう語り、「だからこそ心配なんです」と続けた。

「あの真面目な姉が、家族にも友人にも会社にも何も言わず姿を消すなんて、ありえないことなんです。明らかに普段の精神状態ではありません。一刻も早く見つけてあげないと……」

彼女が拳《こぶし》を握《にぎ》り締《し》めた時、風間さんが僕たちのところに戻ってきた。

「今、このホテルの支配人と話をしました。熱海の旅館やホテルが加入している組合があるので、そちらに行方不明者の捜索への協力を依頼《いらい》できないかと伝えました」

「そうか、その手が……」と新見さんが目を見開く。「私は冷静さを欠いていたようです。もっと早く気づいてしかるべきだったのに」

「組合の代表者との面会の段取りを付けました。準備をしてきますので、十五分後に出発しましょう」

「……ありがとうございます。お願いします」

新見さんは気合を感じさせる表情でそう言った。自分の判断ミスを悔《く》やむ暇《ひま》があれば、即座に行動に移すべきだ。そんな覚悟《かくご》が彼女の横顔から漂《ただよ》っていた。

これでよかったんだ、と僕は自分に言い聞かせた。

思わぬ形で休暇が中断された形だが、そんなのは些細《ささい》なことだ。正しいと思うことをやらなければ、休みを満喫することなど不可能だ。

やるべきことははっきりしている。あとは風間さんのように、的確かつ冷静に行動する。それを心掛けるだけだ。

4

それから三十分後。僕たち三人はホテルの正面玄関《げんかん》前でタクシーを降りた。やってきたのは、さっきのホテルから海岸沿いの道をしばらく南下したところにある、〈グランティア熱海〉という宿泊施設だ。

ホテルは小高い丘の上に建っていて、眼下に広がる太平洋を満喫できる。建物は八階建てで、外壁《がいへき》は白で統一されている。僕たちが泊まっているところほどではないが、ここもなかなか雰囲気がいい。

二階部分には大きく張り出したバルコニーがあり、奥の方に鐘《かね》が吊り下がっているのが見えた。確か、カリヨンとかいう名前の鐘だったか。親戚《しんせき》の結婚式に参加した時に、似たような場所でセレモニーをやったことがある。新郎新婦が一緒にあれを鳴らすと、不幸を追い払い、幸せを呼び込めるそうだ。

確かにあそこで結婚式を開いたら幸せになれそうだな、と思いながら、中に入る。

連休中ということもあり、ホテルのロビーは多くの人でにぎわっていた。団体客もいるようで、チェックアウトを済ませて帰るところのようだ。

と、そこで僕は足を止めた。

辺りを見回し、「すみません」と風間さんを呼び止める。

「どうした？」

僕は新見さんに聞こえないように「……死香を感じます」と報告した。ロビーに、生魚の死香が漂っている。マグロの刺身《さしみ》を連想させる臭いで、それほど濃くはない。今、この場に死香をまとった人間がいるわけではないようだ。

無言で頷き、風間さんは新見さんに声を掛けた。

「組合の代表者はこのホテルの支配人だそうです。従業員に言えば、すぐに会えるでしょう。我々はここで待っていますので」

「ありがとうございます。では、行ってきます」

一礼し、彼女がフロントへとまっすぐに歩いていく。すかさず風間さんが僕のすぐそばにやってきた。

「どこで香っている？」

「確認します」風間さんをその場に残し、ロビーをぐるりと大きく一周する。死香は正面玄関から、エレベーターの方に向かっていた。

嗅ぎ取った結果を伝えると、「フロントを利用していないということは、宿泊客ではないのかもしれない」と風間さんは呟いた。

「どうします？」

「新見刑事はしばらく戻ってこないだろう。匂いを追跡しよう」

風間さんは辺りに視線を走らせながら早口に言った。人目があってサンプル採取ができないことをじれったく感じているようだ。

僕は嗅覚《きゅうかく》に意識を集中させつつ、風間さんと共にエレベーターに乗り込んだ。

各階で降り、死香の有無《うむ》を確認する。その結果、四階だけ廊下の方に匂いが続いていることが分かった。死香をまとった人物はそこで降りたと考えていいだろう。

風間さんと共に、朱色のカーペットが敷かれた廊下をゆっくりと進む。辺りには宿泊客の姿があるので、怪しまれないように行動しなければならない。

僕は慎重《しんちょう》に死香をたどり、四一三号室の前で足を止めた。死香はここで途切れている。死香をまとった人物はこの部屋を利用したのだ。

それを確認したところで、いったんロビーに戻る。新見さんはさっきのソファーのところで待っていた。

「思いがけない偶然《ぐうぜん》が起きました！」と彼女が駆け寄ってきた。

「どうしたんですか」

「支配人の方から協力の承諾《しょうだく》を得たあと、姉の写真データをお渡《わた》ししたんです。そうしたら、『見覚えがある』とおっしゃって……姉はこのホテルに宿泊していたようです」

新見さんの報告に、心臓《しんぞう》が大きく跳《は》ねる。

まさか、そんなことがあるのだろうか。

僕は不快な緊張を感じつつ、「楓さんが泊まっていた部屋は分かりますか」と尋ねた。

「四一三号室だそうです。四月二十三日から三十日まで宿泊したあと、チェックアウトしたという話でした」

ああ、とため息をついた瞬間、体がよろけた。

倒れそうになったところを、風間さんが力強く支えてくれる。

それを見て、新見さんが怪訝《けげん》そうに眉をひそめた。

「どうされましたか？　何か心当たりが……？」

「軽い立ちくらみです」と僕は首を振った。「少し休めば大丈夫です」

「そうですか」と小さく息をつき、新見さんは頭を下げた。「ありがとうございます。お二人のお陰《かげ》で、大きな手掛かりが得られました。ここから先は私一人で大丈夫です」

「具体的にはどうするおつもりですか」

「タクシーの運転手から話を聞きます。どちらに向かったかがある程度絞り込めれば、監視カメラの映像を頼りに居場所を突き止められるかもしれません」

そう言って、新見さんが立ち去ろうとする。

「あの」と僕は彼女を呼び止めた。「何か分かったら、教えてもらえませんか。分析《ぶんせき》技術を活用することで、お姉さんの足取りが分かるかもしれません」

「そうですね」と風間さんが同調する。「事件性がなければ警察は動けませんが、我々は違います。遠慮《えんりょ》はいりません。必要な分析があれば迅速《じんそく》に実行しましょう」

「……ありがとうございます。絶対に姉を見つけてみせます」

力強い言葉を残し、新見さんはホテルを出ていった。

と、そこで僕は風間さんに抱き留められたままであることに気づく。

そっと体を離し、「四一三号室を調べてみましょう」と僕は言った。

「許可を取ってくる。君は休んでいたまえ」

風間さんに促《うなが》され、僕はいったんロビーのベンチに腰を下ろした。

五分ほど待っていると、「許可が出た」と風間さんが戻ってきた。

「どうやったんですか？」

「簡単《かんたん》に言えばコネだ。風間計器《けいき》は三十年前からこの地に保養施設を保有しており、地元の観光協会との関係も深い。父親の威光《いこう》にすがることはなるべく避けてはいるが、役に立つ時には遠慮なく使うことにしている」

さすがは風間計器だ、と僕は感心した。年間売上高が二千億円を超《こ》える大企業の持つパワーはあちこちで役立ってくれる。たぶん、宿泊施設の組合の代表者との面会を即座に実現させるのにも、風間計器の力を借りたのだろう。

風間さんの手にはすでにルームキーが握られていた。幸い、問題の部屋は現在は空室だという。さっそく、彼と共に四一三号室に移動する。

改《あら》めてマグロの死香を念入りに嗅ぎつつ、部屋の前に到着した。

風間さんからルームキーを受け取り、開錠《かいじょう》してドアを開ける。部屋の広さは二〇平米くらいか。ベッドと据《す》え付《つ》けの書き物机だけというシンプルな造りだが、狭さは感じない。ブラインドが開け放たれた窓からは太平洋が見える。海岸沿いのホテルはどこも、海が見えることを売りにしているようだ。

「私はサンプル採取を行う。君はいつも通り、死香を嗅いでくれ」

風間さんはそう言うと、愛用のアタッシェケースから気体採取用注射器を取り出した。彼は常にサンプル採取道具一式を持ち歩く。風間さんにとっては、自宅の鍵《かぎ》や財布《さいふ》と同じくらい重要なものなのだ。

ただ、注射器はいつも使っているものよりもサイズが一回り小さい。やはり右腕が本調子ではないのだろう。一度に吸い込む空気の量が増えれば、それだけ力が必要になる。プランジャーロッドを無理なく引ける大きさを選んでいるようだ。

風間さんはいま自分ができるベストを尽くそうとしている。余計なことを考えずに、僕も自分のパフォーマンスを発揮するだけだ。

部屋の出入口に立ち、そこからマグロの死香をたどる。

匂いはまっすぐに壁際の机まで続いていた。ベッドやクローゼットに匂いは付着していない。バスルームも確認したが、こちらもシロだ。死香はほとんど感じない。

この事実から、「死香の発生場所はこの部屋ではない」「楓さんに付着していた死香が持ち込まれたわけではない」という二つの推測が導かれる。

もし室内で誰かが亡《な》くなったのならば、局所的に匂いの強い場所があるはずだが、そうなってはいない。また、楓さんが死香を振りまいていれば、彼女が使った場所にも死香が付いているはずだが、現状は異《こと》なっている。

同様に、部屋の清掃《せいそう》担当者が死香を持ち込んだというのも考えづらい。清掃の際には室内をくまなく動き回るはずだからだ。

死香をまとった人物は——Ｘと呼ぶことにする——ドアから入ってきて、部屋の奥まで移動し、そしてまっすぐに出ていった。部屋に残された死香はそう語っている。

死香の濃さや鮮明さからすると、Ｘに付着していた死香成分の量は多かったはずだ。これまでの経験から、長い時間遺体の近くにいた、あるいは死の瞬間に立ち会った人物だと推測される。

Ｘがこの部屋を訪れた時期は分からないが、長期間経過しているというのは考えづらい気がする。濃厚《のうこう》な死香でもそれだけ経《た》てばかなり薄まるし、そもそもこの部屋は定期的に清掃されている。何も手を加えていない状態より早く死香が消えていくはずだ。

楓さんと思われる人物は、四月二十三日からの一週間、グランティア熱海に滞在していた。そして、それ以降は誰も泊まっていない。これらのことから、Xは彼女の滞在中に訪れた可能性が高いように思われる。

　もちろん、決めつけはよくない。他の可能性もある。例えば、楓さん（あるいはその前に泊まっていた人物）がチェックアウト当日にホテル外で遺体と接触し、ちょっとだけ部屋に戻ったというパターンだ。

　確率はともかく、考えられるパターンはまだまだあるだろう。今、僕が一人で考えても、一つに絞り込むのは難しい。いつも風間さんに言われているように、先入観を持たないことが大切だ。あれこれ想像するのは、嗅ぎ解《と》いた内容を風間さんと共有してからでいい。

　振り返ると、風間さんがちょうど道具をアタッシェケースに仕舞っているところだった。無事にサンプル採取が終わったようだ。

「風間さん。嗅ぎ取った内容を説明しますね」

「ああ、頼む」

　風間さんに誘《いざな》われ、僕は彼と並んでベッドに腰を下ろした。

　腕に触れる彼の体温を感じつつ、死香の状況を説明する。

　話を終えると、風間さんは僕の方をじっと見つめて、「初手《しょて》として、どう動くべきだろうか。君の意見を聞きたい」と言った。

今回の死香に興味がない……わけではないだろう。僕に自分で考えるチャンスを与えてくれたのだ。

僕は彼の視線を受け止め、「まずは、ホテルの従業員を調べましょう」と提案した。

「清掃担当者以外にも、楓さんのチェックアウト後に部屋に入った人がいたかもしれません」

「私も同意見だ。Xが部外者かどうかの確認を優先すべきだろう」と風間さんがベッドから腰を上げる。「ホテル内の各所を調べてみよう」

ということで、再び風間さんのコネを利用し、責任者立ち会いの元でホテル内を歩き回ることになった。

従業員用の更衣室《こういしつ》や休憩室《きゅうけいしつ》、専用通路やエレベーター、厨房《ちゅうぼう》や駐車場《ちゅうしゃじょう》など、思いつく場所を調べ回ったが、結果は完全なるシロだった。Xが通ったであろうロビーやエレベーター以外、どこからも死香は感じられなかった。

死香を嗅ぎ終え、僕と風間さんはロビーに戻ってきた。

「疲れただろう。ホテルに戻ろう」

風間さんが優しく声を掛けてくれる。「そうしましょうか」と僕は頷いた。気になることはいくつもあるが、現時点ではこれ以上できることはなさそうに思える。

楓さんの足取りを直接追うのは、新見さんに任せた方がいい。彼女は捜査のプロだ。

手掛かりを掴む技術は僕たちよりずっと優《すぐ》れている。まずはその調査の結果を待つべきだろう。

死香を嗅ぐとつい犯罪の可能性を考えてしまうが、そうでない場合の方がむしろ多い。例えば家族を看取《みと》ったり、親しい人の葬儀《そうぎ》で遺体に触れることもある。警察や消防、病院関係者なんかは、日常的に死と接している。なにせ、一年間に百三十万人以上の人が亡くなっているのだ。「死」が身近にある人はいくらでもいる。

ただ、これで手を引くつもりはなかった。死香という形で協力できる可能性が浮上したのだ。少なくとも楓さんの安否がはっきりするまでは、東京に戻ってからも自分にできることを模索《もさく》していきたい。

「風間さん、僕は……」

自分の気持ちを伝えようとしたところで、「分かっている。君はこの件に首を突っ込むつもりなのだろう」と風間さんが静かに言った。

「……風間さん」

「こういう表現はあまり好きではないが、これは運命だったのだ。我々の宿泊先で新見刑事と出会い、話を聞いた時点で、こうなる気がしていた」

いつも科学的《かがくてき》な観点で物事を語る風間さんの口から「運命」という単語が飛び出したことに僕は驚いた。

「運命というなら、それは僕が抱えているものなんでしょうね」僕はふと思ったことを口にした。「もし風間さんが一人で熱海に旅行に来ていたら、展開はずいぶん違ったでしょうから」

「それはそうかもしれない。だが、君に誘われなければ、私は熱海には足を運ばなかった。だから、ここにいること自体が運命の一部なのではと感じている」

風間さんの視線はホテルの外に広がる太平洋に向けられていた。

彼は明るいブルーの海を見つめながら、「……試されているのは私かもしれないな」と呟いた。

「え、それってどういう意味ですか」

僕は言葉の真意を尋ねたが、風間さんは軽く首を振り、「ただの戯言《たわごと》だ」とだけ言って、あとは黙ってしまった。

5

五月八日、水曜日。僕は朝からいつも通りに東京科学大学に来ていた。

この日の秘書の仕事を終え、書類の整理をしていると、教員室のドアがノックされた。

時刻は午後八時。予定通りの時間だ。

ドアを開けると、廊下には新見さんの姿があった。

「お待ちしていました」と僕は声を掛けた。「仕事の方は大丈夫ですか」

「ええ。今は大きな事件は起きていないので」と答えて、「こちらの都合で、こんな時間になってすみません」と彼女は頭を下げた。

「大学に来てくださいと頼んだのはこちらです。お互い様でしょう。謝る必要はどこにもありません」

僕の後ろから風間さんが言う。まったく同感だった。これまでの調査結果を聞きたいとお願いしたのは僕だ。わざわざ来てもらっているのだから、時間の融通《ゆうずう》を利かせるくらいのことはして当然だ。

部屋に入り、三人でソファーに座る。

「先に現状をお伝えします。姉の足取りは分かっていません」神妙な面持《おもも》ちで新見さんはそう切り出した。「ただ、気になる情報はいくつか得られました」

「伺いましょう」と風間さんが真顔で応じる。僕も背筋《せすじ》を伸《の》ばした。新見さんの雰囲気からして、ポジティブな情報ではなさそうだ。

「グランティア熱海で普段から客待ちをしているタクシーの運転手から話を聞いたところ、姉の目撃情報が得られました。四月三十日にチェックアウト後、熱海駅まで乗車したようです。そこからの行動は不明ですが、姉はスマートフォンを持っていたと運転手は証言《しょうげん》しています」

「あれ？　でも、スマホは自宅に置きっぱなしだったんじゃ……」

「そうなんです。姉のクレジットカードの明細を確認しましたが、複数台の端末を契約《けいやく》していた形跡はありませんでした。失踪直前に購入した可能性もあるので、スマートフォンを持っていたこと自体はいいんです。それよりも、『何のために』の方が気に掛かります」

新見さんが何を考えているのかは分かる。楓さんが誰かと連絡を取り合っていた可能性を考慮しているのだ。

「それともう一点。姉が宿泊していた部屋を訪ねた人物がいることが判明しました。従業員の一人が、四一三号室の前に佇《たたず》む人影《ひとかげ》を目撃しています。日付は四月二十九日、時刻は午後三時前です。姉のチェックアウト前日ですね。その時間帯のホテルの監視カメラの画像も入手し、従業員が目撃した人物を発見しました。マスクと帽子で顔はほとんど見えませんが、服装《ふくそう》からは女性だと思われます。なお、こちらで独自《どくじ》に画像解析《かいせき》を行ったところ、三十～五十代の女性という予測結果になりました」

新見さんが画像を見せてくれた。監視カメラはホテルの正面玄関前に設置されているそうで、写真は三メートルほどの高さから撮影されていた。建物から出てきた瞬間を切り出したものだ。

問題の人物は、つばの広い、黒い帽子を被っている。長袖《ながそで》のブラウスに黒のロングスカートという服装だ。顔立ちは分からないが、格好《かっこう》だけではなく体格などからも女性っぽく見える。この人物が、死香をまとった来訪者Xなのだろうか。

「もう一つ、気になることがあります」と新見さんが眉根を寄せる。「地元の警察署で話を聞いたところ、ここ二年ほどの間に、熱海市内で複数の女性が失踪しているようなんです。東京や神奈川《かながわ》、愛知《あいち》に住んでいた女性が誰にも連絡先を告げずに姿を消し、熱海を訪れたあとに完全に消息を絶ってしまう……。そういうケースが、少なくとも三件確認されています」

「全員、未《いま》だに行方が分かっていないんですか」

僕の質問に、新見さんが頷く。

「その三人は、宿泊していたホテルで女性と会っていたそうです。目撃情報からは、おそらく同一人物だと思われます。その女性が、私の姉のところに現れた人物である可能性は高いように感じます」

新見さんはそこでため息をついた。

「幸運にも……と言っていいか分かりませんが、三人の失踪した女性のうち、ある方のお姉さんから話を聞くことができました」

「どこで会ったんですか?」

「彼女がたまたま熱海警察署を訪れていたんです。私と同じように、連休を利用して東京から捜しに来ていたそうです」

そのお姉さんによれば、失踪した妹さんは看護師で、人間関係にかなり悩んでいたらしい。病院に勤める医師との折《お》り合《あ》いが悪く、仕事に行けない状態にまで追い込まれていたのだという。勤務先《きんむさき》を変えることを検討していた矢先、妹さんは突然自宅から姿を消した。しかも、妹さん名義の銀行口座からは、三百万円を超える預金すべてが引き出されていた。

状況は楓さんと非常によく似ている。しかも、全員が熱海市内のホテルで女性と会っているという。その女性が失踪に関わっているのでは――と考えたくなってしまう。

と、そこで僕はある女のことを思い出した。

同時に、鼻腔《びこう》の奥に赤ワインの死香が蘇《よみがえ》ってくる。

その女は、秋川《あきかわ》美波《みなみ》と名乗っていた。本名かどうかは分からない。宿泊していたホテルの台帳にその名前が残っていただけだ。

秋川の素性《すじょう》は不明だが、一つだけ確かなことがある。それは、月森《つきもり》征司《せいじ》と何らかの関係があるということだ。彼女が泊まっていた部屋から月森の指紋《しもん》が検出されている。

秋川が今回の連続失踪事件に関わっているという証拠はない。確率的なことを考えれば、無関係だと考える方が自然だろう。

それでも僕は、秋川の……いや、月森の関与を疑わずにはいられなかった。

「落ち着きたまえ」風間さんがそっと僕の膝《ひざ》に手を置いた。「気持ちは分かるが、可能性の海を深く潜るのは危険だ。想像力という魔物に囚《とら》われ、戻ってこられなくなる」

「……そうですね」と僕は深呼吸した。

風間さんもたぶん僕と同じことを思いついたのだ。そして、僕がその仮説に飲み込まれると思ったのだろう。

たとえそれが最も警戒すべきものだったとしても、証拠もない段階で特定の仮説に執着《しゅうちゃく》するのは危険だ。僕は先日の青木ヶ原樹海の一件でそのことを痛感した。

風間さんは僕の前向きな姿勢を評価し、主張を聞き入れてくれる。ただ、それは「理解」ではなく、「教育」に近いのだと思う。僕が失敗することを見越して、それでもチャレンジを容認する。それはまさに、子供を見守る親の心情と同一だ。

僕は自分のやりたいことを前面に押し出すばかりで、風間さんと対等に議論してこなかった。いつまでもそれではいけないと感じている。真の意味でパートナーになろうとするなら、僕は成長しなければならない。

僕は居住まいを正し、「新見さんは、これからどうするつもりですか」と質問した。

「姉の捜索は続けますが、残念ながらこれといった手掛かりはありません。ですから、まずは画像の人物が誰なのかを突き止めるべきだと考えています。複数の失踪に関与している疑いが浮上していますので、警察も本腰を入れて調べるでしょう。特定まではそれほど時間はかからないだろうと思います」

「なるほど……。風間先生。僕たちにできることはあるでしょうか」

　僕たちには死香という唯一無二《ゆいいつむに》の武器がある。ただ、まだそのことを新見さんに明かすことはできない。風間さんの分析が進んでおらず、科学的な知見として説明することができないからだ。

「監視カメラの画像の解析は試みるが、基本は待ちだ。画像の人物の素性が判明した段階で、どう協力できるのか改めて考えたい。新見刑事。それで構いませんか」

「ええ、もちろんです。これはあくまで私の個人的な問題ですから……お力《ちから》添《ぞ》えいただけるだけで充分です」

「進展を待ちつつ、他の三人の失踪者についてもできることを考えてみましょう。そちらで得た情報をいただけますか」

「分かりました。本来のお仕事もあるのにすみません。本当にありがとうございます」

　新見さんは改めて礼を口にし、教員室をあとにした。

　二人きりになったところで、「さて」と風間さんが腕を組んだ。「時間を見つけて、もう一度熱海に行こうと思うのだが」

「何のためにですか？」

「Xと思われる人物が目撃された他の三軒のホテルで死香を採取するためだ。分析用のサンプルは多い方がいい。あとは、地元の警察に依頼し、事件性のある遺体の衣服から死香サンプルを集めたい。曽根《そね》刑事に連絡し、手はずを整えてもらおう」

「熱海市周辺で起きた事件の中から、マグロの死香を探すわけですね」

「そういうことだ。あるかどうかは分からないが、見つかれば大きな手掛かりになるだろう。どうせ協力するならば、こちらにも利がある形にしたい。サンプルが増えれば、死香の研究は進む。君にも納得《なっとく》してもらえるのではと思うのだが、どうだろうか」

「異論はありません」と僕は言った。

積極的に楓さんを探す方法は思いつかないが、死香を頼りにXを追うことはできる。しかも、これは僕たちにしかできないやり方なのだ。反対する理由はない。

「では、早急に準備を進めることにしよう。君の仕事の都合はどうだ？」

「あ、それなら大丈夫です。実は、特殊《とくしゅ》清掃のアルバイトの比率を減らそうと思っているんです。調査のスケジュールに合わせてシフトを組みますよ」

僕の返答に、風間さんが「そんな話は聞いていない」と眉間にしわを寄せた。

「すみません、いま初めて口にしました」

「……前々から考えていたことなのか」

思わぬ形で風間さんにこの話をすることになったが、いい機会かもしれない。いずれは言おうと思っていたことだ。

「そうですね。特殊清掃という仕事を始めたきっかけは、時給が高かったからです。仕事そのものへの関心はなかったんです。それから自分なりに真面目に特殊清掃に取り組んできました。今はやりがいを持って働いていますし、仕事そのものに嫌気《いやけ》が差したわけではないんです。ただ、いつまでもアルバイトという立場でいいのかな、という疑問を最近感じるようになって……一度立ち止まって、じっくり考えようかなと」

　僕は自分の気持ちを正直に伝え、風間さんの反応を窺った。

　彼からは、「特殊清掃のアルバイトを続けるように」と言われている。死香を感じ取る能力は、特殊清掃で様々な死と向き合う中で身についた。仕事を辞めるとそれが失われる恐《おそ》れがあるということで、風間さんと出会ってからもアルバイトを続けてきた。当然、風間さんとしては僕が特殊清掃から距離を置くことに反対のはずだ。

　どんな厳しい言葉を投げ掛けられるのだろうと緊張していると、「……そうか」と風間さんが眉間のしわを緩《ゆる》めた。

「君がそう判断したのなら、それを尊重しよう」

「え、い、いいんですか？」

「思えば、私は君に様々な制約を課してきた」と風間さんがため息をつく。「それが最善だと考えてそうしていたのだが、きっと君にとっては強いストレスになっていたに違いない」

「いえ、そんなことはないです」

「……その言葉に嘘《うそ》はないのだろう。ただ、それは君が我慢《がまん》していたことを自覚していないだけにすぎない。より自由な環境に置かれて初めて気づくことになる」

「そういうものなんですかね……」と僕は頭を掻《か》いた。

　確かに風間さんから指示を受けることは多い。ただ、そのすべてを受け入れたわけではない。明らかに理不尽《りふじん》だと感じれば、反発することもあった。我慢をしたという実感はまったくない。

「私は君との間に対等な関係を築くことを願っている。君も同じ考えなのではないかと思うが、どうだろうか」

「それはもちろんその通りです」と僕は声に力を込めた。「本当の意味でのパートナーになれたらと思っています」

「そのためには、私も意識を変えねばならない。私は無意識のうちに、君との間に主従関係を作ってしまっていた。君を服従させようという気持ちが心のどこかにあったように思う」風間さんはそう言って両手で額《ひたい》を押さえた。「言い訳になってしまうが、それは君のことを大切に思っていたからだ。死香という奇跡のような力を守りたいという思いが強すぎた結果だ」

「……ええ、分かります。風間さんはいつも、僕のことをとても大切にしてくれます。そのことに深く感謝しています」

「ありがとう」と風間さんが微笑む。「しかし、今のままではいけない。我々はお互いに前進しなければならない。そのためには……」

そこで風間さんが唐突《とうとつ》に黙り込む。どうしたんですか、と声を掛けることが憚《はばか》られるほど、風間さんは深刻な雰囲気を放っていた。

固唾《かたず》を呑《の》んで次の言葉を待っていると、風間さんはふいに立ち上がった。

「……すまない。君に伝えなければならないことがあるのだが、私の中でまだ踏《ふ》ん切《ぎ》りがつかない。もう少し時間をくれないか」

風間さんが何について悩んでいるのかは分からなかったが、彼の真剣すぎる眼差しに押されるように、「はい」と僕は頷いていた。

「ありがとう。いずれ君には必ず話す。その時まで待ってほしい」

風間さんはそう言うと、「先に帰って構わない。私はもう少し残って仕事をする」と部屋を出ていってしまった。

6

五月十八日。僕は風間さんと共に、再び熱海にやってきた。

今日は朝からずっと雨が降っていた。東京からこちらに移動しても天候に変化はない。熱海の方が湿度が高いのか、服が肌にくっつくような感覚がある。

駅前からタクシーに乗り込み、目的地を告げた。

風間さんは腕を組み、窓の外をじっと見つめている。

「思ったより早く熱海に来ることになりましたね」

「そうだな」と風間さんが呟く。「それだけ相手に隙《すき》があったということだろう」

「それか、新見さんの気持ちがこちらの警察にも伝わったのかもしれません」と僕は言った。

――姉と会っていた女性を突き止めました。

二日前、新見さんからその連絡があった。画像の人物は移動に自分の車を利用しており、駐車場の監視カメラの映像を解析し、ナンバープレートの情報から個人の特定に至ったとのことだった。

女性の名前は、福原《ふくはら》乃《の》梨《り》子《こ》といった。年齢は四十二歳で、熱海市内の介護《かいご》施設に勤めているという。

彼女は独身で、熱海市の北部の、山中にある一軒家に住んでいる。そこが生家だが、両親はすでに他界しており、今は一人暮らしのようだ。

僕たちは今からその家を訪ね、福原さんと会う。

すでに地元の警察は彼女に接触しており、新見楓さんを含めた四人の女性と会っていた件について事情を聞いていた。

警察に対し、福原さんは「ホテルには行ったが、それらの女性たちと会ったことはない」と証言していた。あちこちのホテルを訪れていたのは、「内装を見て回るのが趣味だから」ということらしい。

どうにも取って付けた理由のように感じるが、今のところはホテル内での目撃情報のみで、女性たちと会っていたという直接的な証拠はない。少なくとも、失踪した四人の部屋からは、福原さんの指紋は出ていない。おそらく、証拠を残さないように注意して行動していたのだろう。

一方で、失踪したある女性の知人から、気になる証言が出ていた。何でも、彼女はＳＮＳで知り合った「アウラ」なる人物に心酔《しんすい》し、悩みや生きる辛さを訴えていたらしいのだ。

その知人は、「彼女はアウラに唆《そそのか》されて失踪してしまったのでは」と危惧《きぐ》していたが、ありえない話ではないように思う。

楓さんを含む四人の女性はSNSでアウラ＝福原と繋《つな》がっていた。そして福原さんに誘われて熱海にやってきた。そこまでは仮説として成り立つだろう。

問題はその先だ。宿泊先で密《ひそ》かに福原さんと面会した女性たちは、ホテルをチェックアウトしてどこに行ってしまったのか。未だに彼女たちの行方は不明なままだ。楓さんも、熱海駅でタクシーを降りてからの足取りがぷっつりと途絶えている。

福原さんに会って話を聞いたところで、有用な情報が引き出せるとは思えない。だが、僕たちには死香という武器がある。まず、彼女がマグロの死香をまとっているか確かめる。匂いが感じられた場合は、どこで遺体と接触したかを調べる。これにより、警察も摑めなかった手掛かりを見つけられるかもしれない。

ちなみに、熱海市周辺で起きた事件の死香はすでに確認済みで、その中にはマグロの死香はなかった。

「……緊張しているようだな」

じっと自分の手を見つめていたら、風間さんに声を掛けられた。

僕は開いていた手を強く握り、「最悪の事態も想定しています」と頷いた。

失踪した四人は全員が数百万円の現金を持っていた。アウラの目的がそれを奪うことだったとしたら、ターゲットである女性たちを無事に帰す可能性は低いだろう。口封じのために命を奪い、自宅近くの山中に埋《う》めたということも考えられる。

もしそうだとすれば、地中にあったとしても、また多少距離が離れていたとしても、死香を感じられると思う。遺体そのものが放つ死香は強烈《きょうれつ》で、それは僕の目には地面から吹き上がる光の柱のように映るからだ。

遺体を見つけければ、捜査は一気に進む。だが、そんな結末は誰も望んでいない。どうか全員が生きていてほしい。そう願いながら、僕はタクシーの運転手さんに窓を開けるように頼んだ。

タクシーは海沿いの道を北上し、いったん神奈川県に入ってから進路を西に変えた。県境《けんきょう》沿いの川を渡って熱海市に戻ると、急に勾配《こうばい》がきつくなる。辺りには緑が増え、車内に流れ込んでくる空気にも、土や苔《こけ》の匂いが混じり始める。

さらに十分ほど山道を進み、僕たちはタクシーを降りた。

新見さんから聞いていた通りの住所だが、辺りに民家はない。

「ここを降りていくみたいですね」

ガードレールの切れ間があり、そこからコンクリートの坂道が森の中に続いている。普通車《ふつうしゃ》がギリギリ通れるくらいの幅しかない。

雨はまだ少し降っている。伸びた枝葉が屋根のようになっているので、傘はなくても平気そうだ。落ち葉で足を滑《すべ》らせないように注意しつつ、坂道を下っていく。

「……どうだね」と風間さんが小声で訊《き》く。

「匂いは感じませんね」と僕は言った。枝や葉がこすれる音が聞こえる程度の風が吹いているが、死香は漂ってこない。

坂道は途中で一度折り返す形で、三〇メートルほど続いていた。道の先に、平屋の一軒家が建っている。母屋《おもや》の右手に蔵《くら》が、左手に小屋が隣接している。小屋の方は柱と屋根だけで壁がない。かつては牛舎《ぎゅうしゃ》か何かだったのだろう。今は空《から》っぽだ。

母屋の方は、柱や瓦《かわら》、壁のタイルの具合を見るに、かなり古そうだ。特殊清掃で何度か、こういう家で作業をしたことがあった。その経験からすると、たぶん、建ててから軽く五十年は経過している。

地元の警察を通じて、訪問する旨《むね》は伝えてある。玄関脇《わき》のボタンを押すと、ビーッというブザー音が家の中で響き、やがて女性が姿を見せた。

まぶたがむくんでいて、疲れているという印象を受ける。口角《こうかく》も下がり気味で、全体的に生気がない。この人が福原さんだ。

彼女が現れてすぐ、僕はマグロの死香を感じ取った。間違いなく彼女の体から匂いが放たれている。

風間さんを見上げると、彼も僕を見ていた。「死香はどうだ？」とその目が言っている。僕が軽く顎《あご》を引くと、風間さんは頷き返した。それだけの仕草で意思疎通《そつう》ができたという感覚があった。

風間さんは福原さんに向き直り、「東京科学大学の風間です。分析科学の観点から、連続失踪事件の捜査に協力しています」と堂々と名乗った。

そうだ。慌てる必要はない。死香について尋ねるのはあとだ。「秘書の桜庭です」と僕も続く。

「福原です。……狭いところですが、中へどうぞ」

ぼそぼそと言い、福原さんが廊下にスリッパを並べる。それを履《は》き、彼女の案内で居間へと向かった。

薄暗い廊下を進んだ奥の居間はフローリングで、壁紙もまだ新しい。この部屋だけリフォームをしたようだ。

こたつテーブルのところに座布団《ざぶとん》が並べてあった。風間さんと並んで座る。

福原さんは僕たちの前にお茶の入った湯飲みを置いてから、「失礼します」と向かいに腰を下ろした。

風間さんはお茶には手を付けず、「私の役目は、気体中の臭気成分の分析です」と切り出した。「室内や敷地の複数箇所で気体採取作業を行います。構いませんか」

「ええと、具体的にはどういった作業を……」

「ただ空気を集めるだけです。他のものには一切触れません。気になるようなら作業に立ち会っていただいても結構です」

「……そうですか。できれば立ち会いたいです。片付けできていない、散らかった部屋もありますから」

「分かりました。では、桜庭の方からいくつか質問をさせていただきます」

風間さんがそこで会話のバトンを渡してきた。僕は背筋を伸ばし、福原さんをまっすぐに見つめた。

「警察に訊かれたことの繰《く》り返《かえ》しになるかもしれませんが、ご容赦《ようしゃ》ください。私たちは新見楓さんという二十九歳の女性の行方を追っています。心当たりはありませんか」

印刷してきた写真をテーブルに置く。彼女はそれを見ずに、「……いえ、面識はありません」と答えた。警察からも同じ質問を受けたのだろう。

「楓さんの宿泊先を訪れたのは、単なる偶然ということでしょうか」

「ええ、その通りです」

「他にも熱海で行方不明になった女性が三人います。福原さんは、彼女たちが泊まっていたホテルも訪問されていたようですが」

「警察の方から伺いました。他の方の写真も拝見しましたが、知らない方ばかりでした。そちらも私には関係のないことです」

「この地域でどの程度の旅行者が失踪しているのか、残念ながらデータはないのですが」と風間さんが口を開いた。「推計してみましょう」

「はあ……」と福原さんが気の抜けた声を出した。

「日本における年間の失踪者数のうち、女性は三万一千人程度です。ちなみにこれは行方不明者届が受理された数で、そのうち三分の二は届け出から一週間以内に発見されています。これを除外して計算すると、およそ一万人……人口百万人当たり八十人となります。一方、熱海市の年間宿泊者数は約三百万人です。単純計算すると、女性の推定《すいてい》失踪者数は二百四十人になりますね。毎月二十人前後です。熱海市の宿泊施設は百二十軒ほどですから、六軒に一件、失踪する人間が泊まっている計算になります」

　はあ、と福原さんが戸惑《とまど》いの表情を浮かべる。

「あなたは宿泊施設を見て回る趣味があるそうですが、月に何箇所訪れますか」

「それは……」

「嘘はつかない方がいい。監視カメラの映像で確認できますから」

　風間さんが釘《くぎ》を刺す。福原さんはじっと押し黙り、「二、三軒です」と答えた。

「では、多い方を取って三として、失踪者が泊まっているホテルを偶然訪れる確率を計算してみます。分母は百二十から任意の三を選ぶ組み合わせ数。分子は六から一を選び、百二十から二を選ぶ組み合わせ数。難しい式ではありません。この割り算の値《あたい》は、およそ0・15となります。さて、あなたは失踪した四人の宿泊先すべてを訪れています。

先ほどの値を四乗すると、０・０００５４……千八百分の一の確率という結果になりました。感覚的には、偶然と主張するにはやや厳しい数字のように思いますが、いかがでしょうか」

具体的な数値を突き付けられ、再び福原さんが黙り込む。

彼女は十秒以上悩んでから、「……それでも、偶然としか私には言えません」と絞り出すように言った。

「そうですか」

風間さんは無感情に呟き、机の下で僕の太ももに触れた。質問はもういい、ということだろう。

「つかぬことをお伺いしますが」と僕は代わって口を開いた。「ひと月以内に、身近に亡くなった方はいらっしゃいますか」

福原さんの表情が固まる。質問の内容が予想外だったからだろうか。それとも痛いところを突かれたと感じたからだろうか。

彼女は視線を逸《そ》らし、「親族ではありませんが……います」と答えた。

「それはどなたでしょうか」

「私が勤める介護施設で亡くなった方です。九十二歳の女性で、朝に私が見に行ったら冷たくなっていたんです。眠っている間に心臓が止まったようです。特に持病はなく、老衰《ろうすい》という診断《しんだん》でした」

「その際に、遺体に近づきましたか」

「え、ええ……心臓マッサージをしましたから」

「他に亡くなった方はいらっしゃいませんか」

「……いえ、その女性だけです」

彼女の話が本当ならば、マグロの死香はその女性由来《ゆらい》ということになる。これに関しては福原さんが勤める介護施設に行けばはっきりするだろう。かなり薄くはなっているだろうが、おそらくまだ死香は残っているはずだ。

とりあえず聞きたかったことは聞いた。ここからはいつも通りの作業に移る。

風間さんはさっそく愛用の道具を取り出して、家のあちこちで空気を集め始めた。注射器のサイズは依然として怪我前より小さいが、風間さんの手付きはスムーズになっている。右腕の麻痺《まひ》はずいぶん良くなったようだ。湯治《とうじ》の効果プラス、風間さんの不断の努力の結果だろう。

サンプリング作業を見守る福原さんの様子を窺いつつ、僕は嗅覚に意識を集中させた。マグロの死香が付着している場所はどこか。マグロ以外の死香は感じられないか。その二点を頭に置きつつ、念入りに匂いを嗅ぐ。

三十分ほどで家の中での作業を済ませ、外に出る。雨はすっかりやんでいた。

母屋の裏手は急な斜面《しゃめん》が迫《せま》っており、生《お》い茂《しげ》る細い竹に日差しが遮《さえぎ》られて暗い。家屋から斜面までは一メートルほどしかなく、物を置くスペースはほとんどない。排水用の溝《みぞ》が家と平行に切られているだけだ。

その暗い空間を通って、牛舎の方に向かう。

牛舎のさらに奥、敷地の隅には空のタルが並んでいる。昔はそれで漬物《つけもの》を作っていたそうだ。そのタルのそばには井戸があった。すでに長く使っていないとのことで、コンクリートの丸い蓋《ふた》が載《の》っていた。

ぐるりと牛舎を回り込み、母屋の玄関前を通って蔵の方にやってきた。

「ここは使っていますか」と風間さんが尋ねる。

「もう何年も扉を開けていません」と福原さんは答えた。

風間さんは観音開《かんのんびら》きの木製の扉をじっくり観察している。人が立ち入っていないかを、埃《ほこり》の具合で確かめているようだ。

続いて、中の様子を調べる。蔵は二階建てで、ひどく埃臭い。マスクを装着《そうちゃく》したいところだが、死香を感じにくくなるので辛抱《しんぼう》する。とはいえ長居するのは厳しいので、一階をひと通り歩き回っただけで外に出た。

これで死香の確認はとりあえず終わった。このあと勤め先の介護施設を訪問することを伝えて、僕たちは福原さんの自宅をあとにした。

急な坂を上りきり、電話でタクシーを呼ぶ。

辺りにひと気がないことを確かめ、「……感じた死香はマグロだけでした」と僕は小声で言った。

「死香は母屋の中だけか？」

「そうですね。福原さん本人から香っています」

「一応、本人の言い分に矛盾《むじゅん》はないようだな」

「採取した気体の分析はどうしますか？」

「もちろんやる。死香以外の情報も役に立つかもしれない」

風間さんは今日も冷静だ。結果に対して一喜一憂《いっきいちゆう》しないところは、見習いたいと前々から思っている。

僕は新たな死香が感じられなかったことに安堵《あんど》した。ただ、その受け止め方が本当に正しいと言えるのか、自信はない。

不謹慎《ふきんしん》な考え方だが、犠牲者《ぎせいしゃ》がいた方が捜査は進む。事件の解決を本気で願っているなら、手掛かりが得られなかったことに失望するのが自然なようにも思える。

今はどちらが正しいかは分からない。ただ、今後、もし本格的に捜査協力に関わっていくのなら、意見を明確にすべきだろう。誰かに訊かれたらすぐに答えられるように、自分が納得できる回答を用意しておきたい。

ただ感情に任せて動き回るのではなく、確固としたポリシーを持つ。それが、風間さんのパートナーになるための必要条件だ。

鳥のさえずりを遠くに聞きながら、僕はそんなことを考えたのだった。

7

翌週の水曜日。僕は東京科学大学の薬学部の玄関前で新見さんを待っていた。

時刻は午前七時半。初夏を感じさせる、気持ちのいい風が吹いている。

しかし、青空を見上げていても気分は晴れない。失踪した女性たちの行方が未だに分かっていないからだ。

いつになったら、このもやもやは解消されるのだろうか。小さくため息をついたところで、新見さんが歩いてやってくるのが見えた。

「おはようございます」と彼女が会釈《えしゃく》する。顔色がよくない。平板な表情には、隠しきれない疲労《ひろう》がへばりついていた。無理もないだろう。彼女は本業である刑事の仕事の合間を縫《ぬ》って、楓さんの行方を追っている。肉体的にも精神的にも疲れて当然だ。

「おはようございます。上で風間先生が待っています」

「はい。お願いします」

彼女と共に三階に向かう。エレベーターに乗ったところで、「今日はお休みですか」と僕は尋ねた。

「いえ、これから登庁します」

「そうなんですか。すみません、お仕事前に」

「ご協力いただいているわけですから、こちらが足を運ぶのは当然です。興味深いデータが出たということですが」

「ええ。ただ、実は僕も詳細はまだ知らないんです」

風間さんは朝からずっと分析作業を続けている。分析対象はマグロの死香だ。得られたデータが正確かどうか、何度も繰り返し分析を行って確認しているようだ。

僕たちは福原さんの勤務先の介護施設に足を運び、マグロの死香が存在していたことを確認した。彼女の証言通り、事件性のない死に由来するものだったわけだ。急いで分析する理由はないはずだが、よほど気になることがあるようだ。

エレベーターを降り、廊下を進んでいく。教員室の前に風間さんがいた。白衣《はくい》を着ているところを見ると、実験室から戻ってきたばかりのようだ。

「先生。終わりましたか？」と僕は彼に駆け寄った。

「ああ。入ってくれ」と風間さんが白衣を脱ぐ。

教員室に入ると、ソファーのところのガラステーブルに、高さ十五センチほどの水色のプラスチックボトルが置かれていた。室内用の芳香剤《ほうこうざい》だ。僕が部屋を出る時にはなかったものだ。

「これは？」と僕は風間さんを振り返った。余計な匂いを体に付けないように、普段はなるべく匂いのするものは身近に置かないことにしている。

「これから説明する」と風間さんがソファーに座る。僕は風間さんの隣に、新見さんは向かいのソファーに腰を下ろした。

「まず、経緯《けいい》を説明しましょう。我々は先日、失踪への関与が疑われる女性と面会し、自宅の臭気サンプルを採取しました」

風間さんがいきなり本題に入る。ぐっと新見さんの表情が引き締まった。

「サンプルを分析したところ、百を超える成分が検出されました」

「それは多いのでしょうか、少ないのでしょうか」と新見さんが質問する。

「どのレベルまで検出するかによって変動しますが、設定した水準からすると、予想される範囲の成分数でした。ただ、それらの中に、一つ、非常に珍しい物質が含まれていました。２・プロピル・４・（エトキシメチル）チアゾールという成分で、２４ＰＥＴという略称で呼ばれます。この物質は、ネプチューンローズという品種のバラの香気《こうき》分析により発見されました。ネプチューンローズは国内の大手化学メーカーが遺伝子組み換え研究によって生み出したものであり、青色の色素を持っています。その成果を世間にアピールするために、２４ＰＥＴを含有《がんゆう》する芳香剤が開発されました」

風間さんはすらすらと説明し、テーブルの上の芳香剤を手に取った。

「これがその芳香剤なのですが、市販はされていません。開発元の企業の系列会社が運営するビジネスホテルにだけ置かれているのです」

その言葉を聞き、新見さんが大きく目を見開いた。

「そのビジネスホテルは、熱海にもありますか」

「熱海市内ではなく、湯河原《ゆがわら》町《まち》に一軒あります」と風間さんが答える。「そこにこの芳香剤が置かれていることは確認済みです」

「福原がそのホテルを訪れていた可能性は非常に高いですね」と新見さんが立ち上がる。

「ありがとうございます。なるべく早く訪問します」

「もしよろしければ、我々が様子を見てきますが」と風間さんが提案する。「データをさらに確かなものにするために、現地でサンプル採取を行いたいのです」

「しかし……ご迷惑《めいわく》ではありませんか」

「必要な作業です」と風間さんが声に力を込める。それで僕は気づいた。風間さんは僕のことを思って言ってくれているのだと。

福原さんはおそらく、つい最近そのホテルに足を運んだはずだ。そこに楓さんが宿泊している可能性はある。彼女にもしもの事態が起きる前に接触しなければ——僕がそう考えて湯河原行きを主張することを予想し、風間さんは「自分たちが行く」と提案したのだ。

しばらく迷ったあと、新見さんは「それでは、よろしくお願いいたします」と深々と一礼した。

すぐに出発することになり、僕たちは薬学部の玄関前で新見さんを見送った。

彼女が立ち去ると同時に、黒のレクサスが滑り込んでくる。運転席には今日も砥羽《とはね》さんの姿があった。いつもの運転手さんの謹慎はまだ解けておらず、今は風間計器の重役の送迎《そうげい》を受け持っているそうだ。

「今日は車で直接向かう。車内でしっかり体を休めるといい」

「風間さんも休んでください」と僕は言った。「長時間の作業でお疲れでしょう」

「そうだな」と風間さんが右腕をさする。「向こうでのサンプル採取に備えて、回復に努めるとしよう」

「じゃ、行きましょう！」

僕たちは車に乗り込んだ。風間さんの心遣いに甘えてばかりはいられない。今、何をすべきなのか。じっくり考えた上で、自分にできるベストを尽くすのだ。

出発からおよそ一時間半。僕たちは問題のホテルに到着した。

五階建ての三つの建物が扇状《おうぎじょう》に配置され、それぞれが渡り廊下で繋がっている。白の外壁にこれといった装飾《そうしょく》はなく、どこか監獄《かんごく》のような印象を受けた。周囲にはマンションやスーパーが建ち並んでおり、観光地っぽい風情《ふぜい》は感じられない。

「風間さん。フロントの係員に来訪の意図を伝える前に、死香をたどってホテル内を調べたいと思うのですが」

車中で考えた案を風間さんに伝える。手っ取り早いのは、楓さんの写真を従業員に見せて、泊まっているかどうかを尋ねるやり方だ。ただ、もし宿泊していた場合、ホテルから彼女に確認を取る可能性がある。追い詰《つ》められたと思った彼女が、混乱して最悪の選択を取らないとも限らない。なるべく刺激《しげき》しない方法を選びたい。

「いいだろう。ただ、勝手に歩き回ると、あとで面倒なことになりかねない。こちらの事情をある程度ホテル側に説明し、自由に調べられるようにした方がいい」

「分かりました。それで行きましょう」

方針《ほうしん》を確認し、正面玄関へと歩き出す。

と、その時、玄関の自動ドアが開き、マスクをした女性が出てきた。

彼女がうつむきながら僕の横を通り過ぎる。その瞬間、僕は微《かす》かなマグロの死香を感じ取った。

女性がある程度離れたところで、「……たぶん、新見楓さんです」と僕は小声で風間さんに報告した。「マグロの死香を感じました」

「身軽だったな」と風間さんが振り返らずに言う。「チェックアウトしたわけではないようだ。散歩か買い出しだろう」

「どうしましょうか」

「君はどう思う？」

「何が起きるか分かりません。ホテルに戻ってくるのを待つより、このまま追い掛けたいです」

「了解した。私はあとから付いていく。君が近づき、呼び止めるんだ。その方が警戒《けいかい》されにくい」

確かに。こういう時、僕のひ弱な外見は役に立つ。

楓さんはホテルの敷地を出て、南東方面へと歩き出した。海の方角だ。僕は彼女を追って歩き出した。

二〇〇メートルほどで、国道に行き当たる。彼女は迷わずに左手に進路を取った。歩き慣れているらしく、立ち止まったり周囲を見渡したりということはない。

向こうは僕の顔を知らない。変にこそこそせず、十メートルほどの距離を維持《いじ》したまま歩道を進んでいく。

途中で横断歩道を渡り、学校の前を通り過ぎ、ゆっくりと彼女は歩き続ける。

大型パチンコ店が見えてきた。その手前で、楓さんが細い道に入る。左右を駐車場に挟《はさ》まれた、何もないまっすぐな道だ。

隠れる場所はどこにもない。ドキドキしながらあとを追う。

突き当たりに堤防《ていぼう》が見えた。その向こうに海が広がっている。消波《しょうは》ブロックが並んでおり、波も高い。浜に降りられる場所は見当たらない。

楓さんは堤防の手前にぽつんと置かれたベンチに腰を下ろした。そのまま、じっと海を見つめたまま動かなくなる。

ああ、彼女は毎日こうして過ごしているのだ、と僕は理解した。

そっと彼女に近づき、「こんにちは」と僕は声を掛けた。「隣、いいですか」

「……えっと」と楓さんが不思議そうな顔をする。

「ナンパじゃないですよ」と僕は笑ってみせた。「桜庭と申します。ずいぶん捜しましたよ。新見楓さんですよね？」

僕が名前を口にすると、楓さんは息を呑んだ。

しばらく海を眺め、「探偵《たんてい》の方ですか」と彼女が呟いた。

「いえ。説明すると長くなるんですが、僕は東京科学大学のとある研究室のスタッフでして。警察の捜査に協力する機会があり、その時に梓さんと知り合ったんです。それで、彼女から楓さんのことを伺い、捜索のお手伝いをしていました」

「……妹が……そうでしたか」

「ずっとこちらにいらっしゃったんですか」

「そうですね……。前は熱海に泊まっていたのですが、気分を変えたくてこちらに来ました」

「事情は梓さんから聞いています」と僕は言った。楓さんの表情に変化はない。「元の生活に戻るのはまだ難しそうですか」

「……分かりません」と彼女が力なく首を振る。「何かをしようって気力が湧《わ》いてこないんです。楽になりたくてこっちに来たのに、その勇気も出なくて」

「アウラを名乗る人物に誘われて、東京を離れたんですか」

「……どうしてそのことを？」と楓さんが眉間にしわを浮かべる。

「熱海で行方不明になった方が、アウラの存在を知人に話していたんです。その女性はアウラに救いを求めたようです。楓さんもそうだったんでしょうか」

「ええ……。ＳＮＳで言われました。自分に任せてくれたら、苦しまずにこの世から離れられると……」

「その見返りに、大金を支払うことになっていたんですね」

「そうですね。私にとってはもう必要のないお金ですから」と楓さんが自虐的《じぎゃくてき》に言う。

「もうアウラとは会ったんですか？」

「ええ、何度か。私が答えを出せずにいるので、向こうを困らせてしまっています」

「おかしいですよ、その考え方は」相手を否定するのはよくないと分かっていたが、我慢できずに僕はそう言った。「アウラはあなたを殺して財産を奪おうとしているんですよ？　極論を言えば殺人者で、犯罪者なんです。申し訳なさを感じる必要なんてどこにもないんです！」

楓さんは瞬《まばた》きをして、「でも、死なせてほしいと頼んだのはこちらですから……」と海風の音に紛れてしまいそうな小さな声で言った。

「……僕は、特殊清掃といって、汚損《おそん》の進んだ遺体によって人が住めなくなった部屋を元通りにする仕事をしてきました」

伝わってほしい。その気持ちを込めて、思いをまっすぐに彼女に伝える。

「数えきれないほどの『死の痕跡《こんせき》』を見て思ったのは、生と死の間には、決して越えられない高い壁があるということです。死んだら生き返ることはできない……当たり前のことですよね」

「……ええ、そうですね」

「逆に言えば、その壁を越えさえしなければ、『生きている者の世界』を自由に動き回ることができるんです。今は生きることそのものを辛く感じていると思います。でも、それはいつか絶対に和《やわ》らぎます。だから、壁の手前で立ち止まってもらえませんか」

楓さんの横顔をじっと見つめながら、僕は自分の考えを語った。

「……でも、たくさんの人に迷惑を掛けてしまいました。もう、元の生活に戻るなんて無理です」

「そんなことはないです！　楓さんが無事だと分かれば、みんな喜びます！　もし喜ばない人間がいたら、即座に縁を切った方がいいです！」

「……それ、無敵の理論ですね」と楓さんが笑う。

彼女の表情がほころんだ瞬間、僕の左目から涙がぽろりとこぼれた。氾濫《はんらん》して堤防を越えた水のように、あとからあとから涙が流れ出てくる。早く収まれと思いながら目をこすっていると、楓さんが優しく僕の背中をさすり始めた。これではどちらが悩みを抱えているのか分からない。まったくあべこべだ。

ようやく涙が落ち着いたところで、「アウラの話を聞かせていただきたい」と背後から声が聞こえた。

振り返ると、風間さんが腕組みをして立っていた。いつの間に。

「この方は……」

「東京科学大学の風間准教授《じゅんきょうじゅ》です。僕の上司《じょうし》に当たる方で、一緒に行動しています」

風間さんは「代わりたまえ」と僕を立たせると、楓さんの隣に腰を下ろした。「この女性に見覚えは？」

風間さんがスマートフォンを差し出す。画面に映った福原さんの顔写真を見て、「知っています。この人がアウラです」と楓さんは即答した。

「相手の素性は聞かされていないのですか」

「そうですね。この辺に住んでいるということだけです」

楓さんは戸惑うことなく、素直に質問に答えている。きっと吹っ切れたんだ、と僕は心の底から安堵した。

「アウラと会っていた女性たちの消息が分かっていません。彼女たちの行方を知りませんか」

「……その方たちとお会いする機会はありませんでした」と首を振り、楓さんはため息をついた。「でも、たぶん、もう亡くなっていると思います」

「アウラが殺したということですか」

「やり方は分かりません。でも、『睡眠薬を飲むだけで、何の痛みもなく向こうに旅立てる』と言われました。そうやって、何人もを救ったと言っていました」

「場所は？」

「決心ができたら家に案内してくれるという話でした。ただし、そこまで来たらもう引き返せないとも注意されました」

「……ふむ、自宅か。手口が問題だな」

風間さんが顎に手を当てて前屈《まえかが》みになった。久しぶりに見た気がする。ロダンの「考える人」のポーズだ。

風間さんが何を考えているのかは分かる。もしアウラ＝福原が自分の手で人を殺《あや》めていたとしたら、彼女の体には複数の死香がこびりついているはずなのだ。

睡眠薬の過剰《かじょう》投与で殺害し、遺体の処理を別の人間に任せたということだろうか。となると、殺人現場は彼女の自宅以外ということになる。

いや、この説は違和感がある。他者に遺体の処理を一任したとしても、その人物と会った時点で死香が自分に移ってしまう。匂いは強くないだろうが、今の僕なら感じ取れたと思う。だが、福原からはマグロの死香しか感じられなかった。

ああでもないこうでもないと仮説をこねくり回しつつ、ぼんやり海を眺める。

しばらくして、「そんなことが起こりうるのか……？」と風間さんが呟いた。

「何か思いつかれたんですか」

「ああ。ただ、正しいという確証はない」と風間さんがベンチから立ち上がった。「もう一度あの女の家を調べる必要がある。もし私の仮説が正しければ、思いもよらない新発見になるだろう」

8

福原乃梨子は介護施設での仕事を終え、自宅に戻ってきた。

家へと続く急な坂を降りていく途中で、大きなあくびがでた。時刻は午前十時半。仕事場から家までは車で二十分の距離だ。その間に、たぶん十回以上はあくびをしただろう。夜勤明けはいつもこうだ。そのうち事故を起こすのではと危惧している。

介護施設は二十四時間、常に誰かがいなければならない。そのため、職員はシフトを組んで勤務に当たる。福原は昨日の午後八時から、今朝の十時まで働いていた。途中で二時間の仮眠を取れるが、それでも長時間労働に変わりはない。最近は特に疲れを感じやすくなった。歳《とし》のせいだろう。

そろそろ仕事を辞めてもいいかもしれない。薄暗《うすぐら》い坂をゆっくりと降りながら、その未来について考える。

アウラとしての仕事で、これまでに二千万円ほどの現金を得た。新見楓からも回収できれば、さらに五百万円の上積みが見込める。生涯はさすがに無理だが、それだけの貯《ちょ》蓄《ちく》があれば当面の生活に困ることはない。もう少し楽な仕事に就《つ》いて、生活費分だけを稼《かせ》ぐ形で生きていくのも悪くない。

可能であれば、「自殺補助」でもっと稼ぎたい。ただ、いつまであの仕掛けが使えるか不透明《ふとうめい》だ。欲張れば警察に嗅ぎつけられかねない。あと一回で終わりにするべきだ。

そう決心したところで、福原は自宅の前に一台の車が停まっていることに気づいた。見た目は普通の乗用車だったが、車の左右に立っているスーツ姿の男性たちの目はぞっとするほど険しい。

直感的に引き返すべきだと思ったが、逃げたところですぐに追い付かれるだけだ。運転席から飛び出すわけにもいかず、福原は仕方なく家の前まで降りていった。

車を降りると、男性たちが近づいてきた。四十代と三十代の二人組だ。

「いきなりすみません。熱海警察署の者ですが」

二人は警察手帳を開いてかざすと、「お宅の井戸を見せていただけませんか」と切り出した。

恐れていた一言に、福原は目の前が暗くなるのを感じた。

車のドアに寄り掛かって体を支え、「ど、どうしてでしょうか」と尋ねる。

「我々のところに通報がありまして。内容はお伝えできませんが、確認の必要があると判断し、足を運んだ次第です」

「でも、井戸はずっと使っていなくて……」

「軽く確認させていただきましたが」と、年長の方の刑事が牛舎の方に目をやる。「コンクリートの蓋には、動かした形跡がありました。落ち葉の積もり方から判断すると、少なくともこのひと月以内にはお使いになったのでは？」

「いえ、あの、それは……」

「異状がなければすぐ帰りますから」と、若い方の刑事が懐中《かいちゅう》電灯を持ち上げてみせる。「お願いします」

「でも……」

眩暈《めまい》がひどくなり、体を支えきれなくなる。福原は地面に両膝をついた。

井戸の中が今、どういう状態なのかは分からない。水が溜《た》まっていて、底まで見通せないという可能性もある。もしそうなら、平然と対応すればこの場をしのげる。狼狽《ろうばい》しているところを見せてはいけない。

頭の中で何度もそう繰り返すが、どうしても立ち上がる力が湧いてこない。

「大丈夫ですか」

二人の刑事が近づいてくる。

二足の革靴が、井戸の底から這《は》い出してきた巨大なゴキブリに見え、福原は絶叫してその場にうずくまった。

「……ごめんなさい、ごめんなさい……」

もう何も考えられない。福原は涙ながらに謝罪の言葉を繰り返し続けた。

9

五月二十五日、土曜日。僕は大学にやってきた新見さんを出迎えた。

「こんにちは。今日は風間先生は……」

「朝はいらっしゃったんですが、午後から風間計器の方に」と僕は空っぽの彼の席を見やった。

風間さんはすでに、曽根さんから送られてきた新たな死香サンプルの分析を始めている。熱海で起きた事件は、彼の中では一区切りついたということらしい。

「これ、よかったらお二人で召《め》し上《あ》がってください」

新見さんがお菓子の詰め合わせの箱を差し出す。銀座《ぎんざ》に店舗《てんぽ》がある、高級店の看板《かんばん》商品だ。

「ありがとうございます」と受け取り、ソファーを勧める。「お姉さんの様子はいかがですか」

「今は一時的に私の自宅に泊めています。仕事の方はやはり退職ということになりそうです。勤め先からは『気にせず復帰してほしい』と言われているのですが、姉としては責任を取らないと気が済まないようです」

「そうなんですか」

「ただ、前向きに次の仕事を探し始めていますし、雰囲気もいつもの姉が戻ってきたと感じています。もう二度と、生活を捨てて姿を消すようなことはないと思います」

「本当によかったです。……ギリギリのところで食い止められて」と僕は息をついた。

「できれば、他の三人も助けたかったのですが」と新見さんが首を振る。

「どうしようもないことです」と僕は言った。「僕たちが関わった時には、もう亡くなっていたわけですから……」

　割り切りも必要だということを、僕はようやく学んだ。悲劇《ひげき》が起きたのは事実だが、それを強引に自分の責任にしてしまうのは愚《おろ》かな行為だ。当たり前のことに気づけたのは風間さんのおかげだ。

「そうですね。切り替えてやっていきます」と新見さんが表情を引き締めた。「風間先生にお礼を言いたいので、またお邪魔《じゃま》します。本来の研究とは関係がないのに、お手を煩《わずら》わせてしまいました」

「あ、でも、結果的に非常に珍しい現象に出会えましたし、先生としては一定の成果が得られたと受け止めているみたいですよ」

　熱海で失踪した三人の女性の遺体は、福原の自宅の井戸から発見された。

僕は井戸から数メートルの距離まで近づいていたのに、死香を感じ取れず、遺体を見過ごしてしまっていた。

その原因は、井戸にコンクリートの蓋が載っていたからではない。蓋は固定されておらず、井戸の上部のレンガとの間には数ミリの隙間があった。いつもなら、そこから漏《も》れ出る死香を嗅ぎ取れたはずだ。

そうならなかった理由は、遺体が井戸水に浸《つ》かっていたからだ。

生命活動を停止した肉体は時間経過と共に腐敗《ふはい》する。その主な担《にな》い手《て》となるのは細菌《さいきん》なのだが、その働きが抑えられる条件下では、遺体が腐敗を免《まぬか》れることがある。今回であれば、井戸の冷たい水がその効果をもたらしたようだ。

ちなみにこの状態のまま長期間放置すると、脂肪分《しぼうぶん》が変性して蠟《ろう》のようになるという。死蠟と呼ばれる特殊な状態だ。

福原は死を希望する人を自宅に誘い込み、睡眠薬を飲ませた上で井戸に突き落として殺害していた。井戸の底に積み重なるように沈んでいた三人の死因はいずれも溺死《できし》で、体内からは大量の睡眠薬が検出された。

水中で死の瞬間を迎えたこと。その後、肉体が腐敗せずにいたこと。この二つの条件が重なると、死香は発生しない。それが、今回の事件で発見された新事実だ。ちなみに、アウラは月森とはまったく無関係だった。

今回得られた知見がどう役立つかと訊かれると難しい。それでも、風間さんとしては研究者心をくすぐられたようだ。世界中の誰も知らないことを見つける。シンプルにそのことが嬉しかったのだろう。

五分ほどの雑談のあと、「では、そろそろ」と新見さんが立ち上がった。「今度は、姉を連れてお礼に伺えればと思います」

「そうですね。いつでもいらしてください」

新見さんと一緒に教員室を出て、一階に降りる。

玄関先で彼女を見送り、建物に戻ろうとした時、鼻の頭に冷たいものを感じた。

「あれ」

朝は晴れていたのに、いつの間にか空全体が薄灰色の雲に覆《おお》われている。ぽつぽつと雨が降り出していた。

もうそろそろ梅雨入《つゆい》りの時期だな、なんてことを考えていると、「――潤平《じゅんぺい》」と僕の名を呼ぶ声が聞こえた。

反射的に声の方に顔を向ける。

そこに、朱色のワンピースを着た女性が佇んでいた。細い雨の粒《つぶ》が、彼女の周囲できらきらと光っている。まるで彼女自身が光をまとっているかのようだ。

「……倫花《りんか》さん」と僕は呟いた。

彼女の名前は風間倫《りん》さん。風間さんの実の姉だ。「座馬《ざま》倫花」という別名で絵のモデルとして活躍《かつやく》しており、僕はそちらで呼んでいる。

「久しぶりね。今年の一月以来になるかしら」

「そうですね……今日はどうしてこちらに？」

「決まっているでしょう」と彼女が微笑む。「潤平に会いに来たの」

「そ、そうなんですか」と僕は目を逸らした。倫花さんは非常に強い「個」の持ち主だ。人の心を惹《ひ》きつけるパワーを持っていて、油断すると彼女のペースに巻き込まれてしまう。気をつけないと、あっという間に丸裸にされかねない。

　倫花さんが僕のすぐそばまでやってくる。「話をするのなら建物の中に……」と言いかけた瞬間、その手が僕の頬《ほお》に伸びた。

　突き上げられたように、心臓が大きく跳ねる。

　倫花さんは僕の顔を自分の方に向けさせ、「私が前に言ったことを覚えているかしら」と囁《ささや》いた。

　息が掛かる距離にドギマギしながら、「……はい」と僕は頷いた。「もっと風間さんと話し合うべきだ、とアドバイスをもらいました」

「そう。愛は言葉から始まる」と倫花さんが妖《あや》しく笑う。「由人《よしひと》との愛は、どのくらい深まったのかしら」

　このままではまずい。誰かに見られたら絶対に恋人同士だと勘違《かんちが》いされる距離だ。僕はそっと身を引き、「前と変わらず、よくしてもらっています」と言った。

「変わらず？」倫花さんが目を細めた。「……それは、あなたが決断したから？」

「決断……というと？」

僕が首をかしげると、「その様子じゃ、何も進展はないようね」と倫花さんは呆れたようにため息をついた。「由人はずっと一人で悩んでいるのね。……情けない子。一番大切な人間を信じられないなんて」

「あの、いったい何の話ですか」

「私はあなたたちの未来に希望を持っているわ」倫花さんが優しい声で言う。「愛と歓《よろこ》びに溢《あふ》れた、美しい未来を想像できる。そうなってほしいと願っているの」

実に抽象的《ちゅうしょうてき》な表現だった。すぐには理解が追い付かず、ただ彼女の顔を見つめることしかできない。

「ただ、その未来にたどり着くには、今の関係を壊す必要がある。二人の間に積み上げられたルールをすべて捨て、最初から作り直さなければならない。虚飾《きょしょく》を取り払って、裸で向き合うの」

倫花さんが詩を暗唱《あんしょう》するように続ける。

「心をさらけ出してお互いの気持ちを伝え合えば、きっとあなたたちは本当の意味でのパートナーになることができる。由人もそのことは分かっていると思うわ。分かっていて、それでも前に進む勇気を出せずにいるの」

「……風間さんは悩んでいたんですね」

そう言われてみると思い当たる節《ふし》はあった。変によそよそしかったり、言いかけた言葉を飲み込んだり……。それはおそらく、僕との関係を客観的に見直す中で起きた変化だったのだろう。

「倫花さん。僕はどうすべきなんでしょうか」

「それは潤平が決めること」と倫花さんが口の端を持ち上げる。

「ただ、慌てる必要はないと思うわ。誰かに背中を押されて出した結論は、歪《いびつ》なものよ。そんなものにすがっていては、またすぐに関係を見直さなきゃならなくなる。だから、流れに身を任せればいいわ。『正しい』と思った時に、『正しい』と思うことをする。それでいいんじゃないかしら」

倫花さんはそう言うと、降り出した雨に濡《ぬ》れながら優雅に去っていった。

彼女の言葉が具体的に何を指しているのかは分からない。ただ、真剣に受け止め、その意味を考え抜くべきだということは明確に伝わってきた。

「……心をさらけ出す、か」

僕は独《ひと》り言《ごと》を漏らし、しばらく玄関先で立ち尽くした。

第四話

決断の死は、微笑ましく香る

1

根岸孝臣《ねぎしたかおみ》は手摺《てすり》を摑《つか》みながら、ゆっくりと階段を上がり切った。

廊下《ろうか》の窓から夕日が見えた。沈《しず》みかかった太陽は、今日がこの世の終わりだと言わんばかりに赤く輝《かがや》いている。

根岸は廊下の先に目を向けた。ここに来ると、うちの病院はこんなに静かだっただろうか、と不思議な気分になる。

この階には、長期入院している患者《かんじゃ》の病室しかない。体調が安定しているため、看護師も決まった時間にしか足を運ばない。家族の見舞いの回数も少なく、患者が病室から出てくることもない。だから、いつも静まり返っている。

廊下を歩く自分の足音が耳につく。正午過ぎに足を運んだ時は何も感じなかった。少し緊張《きんちょう》しているのかもしれない。自分は無意識に、そろそろ「望ましい結果」が得られるのではと期待しているようだ。

科学的《かがくてき》な根拠《こんきょ》はない。九回サイコロを振《ふ》って一度も「1」が出なかったので、次はきっと出るだろう。せいぜいその程度の理由だ。

突き当たりの病室に到着する。

いつもの癖《くせ》で、咳払《せきばら》いをしてから戸を引いた。

病室は二十四時間、常に明るい。少しオレンジがかった照明《しょうめい》の下に、ぽつんと一台のベッドが置かれている。

そちらに近づき、患者の顔を覗《のぞ》き込《こ》む。

少女が目を閉じ、静かに呼吸をしている。

「元気かい、真那《まな》ちゃん」

根岸が声を掛けても、何の反応もない。整った容貌《ようぼう》と白い肌と、完全なる無表情。まるで陶器《とうき》で作られた少女像のようだ。

根岸はベッドサイドに佇《たたず》みながら、頭の中で数を数えた。それが三百になったところで、ベッドから二歩離れた。

「……違ったか」と根岸は腕《うで》を組んだ。ひょっとしたら何らかの反応が見られるかと期待したが、当てが外れてしまった。所詮《しょせん》はただの勘《かん》ということか。

「そもそも、法則なんてものがあるのかな」

根岸は近くの椅子《いす》に腰を下ろし、ふーっと長く息を吐《は》き出《だ》した。

栗沢《くりさわ》真那は現在十六歳《さい》で、もう八年間もこの病室で時を過ごしている。何も知らない人間が彼女の歳を訊《き》かれたら、おそらく十歳前後だと答えるだろう。

真那は八歳の時に脳腫瘍《のうしゅよう》の手術を受けた。手術は成功したが、麻酔《ますい》から目覚めることはなく、ずっと昏睡《こんすい》状態が続いている。一切《いっさい》体を動かしていないため、成長が止まってしまったのだ。

眠り続けてはいるものの、真那の体そのものには目立った問題はない。網膜《もうまく》は光を感じているし、鼓膜《こまく》は空気の振動《しんどう》を正しく受け止めている。苦味《にがみ》や酸味《さんみ》成分を溶かした液《えき》体《たい》を舌に付ければ表情が歪《ゆが》むことから、味覚《みかく》も正常だと考えられている。これらのことから、嗅覚《きゅうかく》にも異常《いじょう》はないと予想される。

とはいえ、普段は彼女が外界からの刺激《しげき》に反応することはない。誰《だれ》かが入室しても、身じろぎ一つしない。ただ寝息を立てているだけだ。

根岸は真那の主治医ではない。それにもかかわらず、頻繁《ひんぱん》に顔を見に来る。その理由は、根岸が入室した時に真那が微笑《ほほえ》んだことがあったからだ。最初の一回が六年前で、その後、半年に一度くらいのペースで同じことが起きた。

本当に幸せそうに笑うその表情に、根岸は彼女の覚醒《かくせい》の可能性を感じ取った。家族や他の医師、看護師ではそのような反応が起きたことはない。何が真那を微笑ませたのか？　その謎《なぞ》を解明するために、根岸はこまめに病室を訪れるようにしている。

真那の五感が正常だとすれば、彼女は根岸に由来する何かを感じ取っていたはずだ。視覚と味覚、触覚《しょっかく》は除外していいだろう。真那は常に目を閉じているし、根岸が彼女の体に触れる前から変化は起きる。

可能性があるのは聴覚《ちょうかく》と嗅覚だが、積極的に声を掛けても表情に変化はないことから、匂《にお》いが原因ではないかと根岸は考えていた。

ただ、匂いは客観的な指標として表すのが難しい。鼻が慣れてしまうので、自分では分類ができない。他人に頼むにしても、匂いの表現には主観が混ざるため、データとして役に立たない。

やるとすれば、科学的な方法を選ぶべきだ。自分の周りの空気をガスクロマトグラフィーで分析《ぶんせき》し、気体中に含《ふく》まれる成分を明らかにする。そしてそれをデータ化し、どの成分が真那を笑顔にしたのか特定する。そうやって絞《しぼ》り込んでいくしかない。

方法は分かっているが、現実的には実行はほとんど不可能だ。時間も技術も設備も足りない。医師を辞めて分析の専門家にでもなればいいのだが、根岸は今年で五十五歳になる。生き方を大きく変えるのは厳《きび》しい。

「……専門家を探す頃合《ころあ》いか」

根岸は自分に言い聞かせるように呟《つぶや》き、椅子から立ち上がった。なんとか自分で解決したかったが、これ以上粘《ねば》っても進展は望めそうにない。

部屋を出る前に、もう一度真那の顔をじっと見る。

「君は、目覚めたいと思うかい」

眠り続ける少女に問いを投げ掛ける。当然、答えが返ってくることはない。真那はただ、この世の汚《けが》れを知らない赤子のように、安らかに眠り続けていた。

2

六月七日、金曜日。風間由人《かざまよしひと》は文京区《ぶんきょうく》にある東理《とうり》大学の正門前で車を降《お》りた。午後七時を過ぎたが、まだ周囲には陽光の残滓《ざんし》が残っている。東理大学は風間の母校で、年に何度かは学会で足を運ぶので懐《なつ》かしいという感覚はなかった。風間は大理石で作られた門の間を通り過ぎ、しばらく歩いていくと噴水《ふんすい》広場に着く。広場のベンチに腰を下ろした。

学生たちが広場を突っ切って正門方面へと向かっていく。荷物を持っていなかったので、食事にでも行くのだろう。科学系の研究室の学生かもしれない。

そういえば、自分はあまり研究室のメンバーと外食をしなかったな、と風間は思った。研究に没頭《ぼっとう》していると、常に時間に追われているような感覚になる。一分一秒が惜《お》しくて、当時の風間は昼も夜も固形の栄養食品で空腹を紛《まぎ》らわせていた。

そもそも、他人と食事をするということ自体が性《しょう》に合わないという面もある。物を口に運ぶという無防備な姿を晒《さら》すことに、風間は心理的な抵抗を覚える。できることならば、一人きりで食事を済ませたい。

ただ、例外はある。数は少ないが、食卓を共にしても不快《ふかい》ではない相手がいる。ここが自分にとって「友人」と呼べるかどうかの境界線なのだと風間は考えていた。

「——おう、ここにいたか」

気づくと、すぐ目の前に男が立っていた。淡いグリーンのレンズの眼鏡《めがね》と、ひまわりが描かれた派手《はで》なアロハシャツ。蓮城駆留《れんじょうかける》——風間の大学時代の同級生で、今も付き合いのある数少ない人間だ。

「髪が伸《の》びたな」

風間の指摘《してき》に、「そうなんだよな」と蓮城が茶色く染めた髪の先をつまむ。二月に会った時は、髪の先端《せんたん》は鎖骨《さこつ》に届くかどうかの長さだったが、今は心臓の辺りまで来ている。「そろそろ切ろうと思ってるところだ」

「寒くないのか、そんな格好《かっこう》で」

「もう六月だぞ」と蓮城が苦笑する。「スーツをきっちり着ているそっちの方が少数派じゃないか」

「この格好が落ち着くからな」と風間は立ち上がった。「それに、同じ衣類を着ることはサンプリングにおいて重要だ。服から放たれる匂い成分を同一にすることで、のちの分析の手間が省ける」

「そんなに急にサンプル採取《さいしゅ》に出掛けることがあるのか」

「事件はいつ起こるか分からない」と風間はアタッシェケースを持ち上げてみせた。サンプル採取のツールは肌身離さず持ち歩いている。

「相変わらず、捜査協力に力を入れてるみたいだな」と蓮城が周囲を見回す。「今日は桜庭《さくらば》くんは一緒じゃないんだな」

「個人的な食事の場に彼を招いたりはしない」と風間は言った。今日はあくまで蓮城との懇親《こんしん》が目的だ。むしろ、潤平《じゅんぺい》がいると話せないこともある。蓮城と食事をすること自体、潤平には伝えていない。

「ふうん。残念《ざんねん》だな。彼のことをもっと詳しく知りたかったんだが」

「知ってどうする？　君とは何の接点もない人間だ」

「彼は鏡のようなものだよ」と蓮城がにやりと笑う。「桜庭くんと知り合ってから、風間は変わった。冷静さは相変わらずだが、振る舞いに慎重《しんちょう》さが見て取れるようになった。正しく振る舞おうと注意しているように見える。まるで、子供を持った親みたいだ」

　やはり油断できないな、と風間は心の中で呟いた。昔から蓮城は相手の心理を読み解くことに長《た》けていた。仕草や言葉遣《ことばづか》いなど、表に出る情報からその背景を推測《すいそく》する能力が高いのだ。

　蓮城は、シミュレーションを通じて、あらゆる事象を究明することを研究理念に掲《かか》げている。その研究の過程で、「大胆な思考の飛躍《ひやく》」を試みることがあるのだという。膨《ぼう》大《だい》な可能性のすべてを検証していては時間がかかりすぎるため、仮説に仮説を重ねるようなやり方をあえて取り入れているのだろう。正しい方向に飛躍するためには、少ない手掛かりを矛盾《むじゅん》なく統合する必要がある。常に困難な思考に挑んでいるからこそ、推理能力が鍛《きた》えられたのだ。

「……ここは込み入った話をするのには向いていない。店に行こう」

風間が歩き出すと、蓮城は「個室を取ってある。何でも話せるぜ」と隣にやってきた。

「腕の怪我《けが》はよくなったのか」

「ああ。握力《あくりょく》はまだ七割しか出ないが、動作に問題はない」

「そりゃよかった。今日は酒は飲めるのか」

「どちらでも構わない」と風間は答えた。アルコールが人体に与える影響《えいきょう》は大きい。付き合いで飲酒せざるを得ないこともあるため、風間は言動に変化が起きない限界量を完璧《かんぺき》に把握《はあく》していた。そのため、飲むか飲まないかという問いは大した意味を持たない。

「じゃ、いつも通りマイペースで軽くって感じだな」と蓮城が頷《うなず》く。

正門を出て、緩《ゆる》やかな坂を下っていく。

辺りが急速に暗くなっていた。道路の反対側には、男性ばかりの集団が見える。五十代の教授と二十代の学生十数人という組み合わせは、この大学周辺ではよく見られる光景だ。研究室のメンバーで連れ立って食事に出ているのだ。

大学から徒歩《とほ》七分。蓮城に連れて来られたのはイタリア料理の居酒屋だった。畳《たたみ》敷《じ》きの個室で本格的な料理を楽しめるというのが売りらしい。

「ここは我々《われわれ》が学生の頃にはなかったな」

「今年の四月にオープンしたばかりなんだ」と蓮城が階段を降りていく。「ネットの評判を見る限り、料理のクオリティが高いらしい。まあ、風間の舌を満足させるのは無理だろうけどな」

「別に私は味にうるさいわけではない。選択肢《せんたくし》が多ければ、自分の好みを優先するというだけのことだ」

「そういうのをグルメっていうんじゃないのか。料理の値段《ねだん》は考慮《こうりょ》しないんだろ」

「値段を気にすることはない。それよりはサービスが重要だ」と風間は正直に言った。

「じゃあ、やっぱりお前の口には合いそうにないな。この店の夜の平均単価は四千円だからな」

「それは違う。店を訪れているのはこちらなのだから、用意されたメニューの中から選んだものに文句をつけることはない」

そんなやりとりをしつつ、地下一階の店に入る。レジ前の台には紫陽花《あじさい》の活《い》けられた花瓶《かびん》が置かれ、その周囲には小さな傘《かさ》のおもちゃが飾《かざ》られていた。通路には暖簾《のれん》が掛かっており、部屋の出入口は障子《しょうじ》になっている。

「雰囲気《ふんいき》は完全に和風だな」

「元々は和風居酒屋だったそうだ」と蓮城が脱《ぬ》いだ靴を木製の下足入《げそくい》れに収めながら言う。「いわゆる居抜き物件ってやつだな。内装はそのままで、出す料理を変えたんだ」

作務衣《さむえ》姿の店員に案内され、予約した個室に向かう。三畳《じょう》の和室で、中央に掘りごたつ式のテーブルが設置《せっち》されていた。

お通しは前菜の三種盛《も》りだった。モッツァレラチーズ、生ハム、それにズッキーニというラインアップだ。

メニューから目についた料理を適当に注文する。先に飲み物が運ばれてきた。風間は赤ワイン、蓮城は黒ビールだ。

「じゃ、とりあえず乾杯《かんぱい》」

「蓮城。『とりあえず』は不要だ。届いたものは当然飲む」

「飽きないんだな、その突っ込み」と蓮城が笑う。「学生の頃から、もう十回以上言ってるぞ」

「十七回目だ。そろそろ覚えてくれ」

「いや、それはできない。その呆《あき》れた顔が見たくてわざとやってるんだよ」

「そうだったのか。行動をコントロールされているようで不快だな」と風間は赤ワインを口に運んだ。

ひと通り料理が揃《そろ》ったところで、「さて、と」と蓮城がグラスを置いた。

「他の相手なら世間話でひと盛り上がりしてから本題に入るんだが、単刀直入《たんとうちょくにゅう》にやる方がいいよな。大事な話があるんだろ」

「……そんなことは言っていないが」と風間は眉根《まゆね》を寄せた。

「言わなくても分かるんだよ。いいか。もう十五年以上の付き合いになるけど、風間の方から『食事に行かないか』と誘ってきたのはこれが初めてなんだぞ。どんなに鈍感《どんかん》な人間でも『何かある』と思うに決まってるだろう」

指摘され、初めて風間はそのことに思い至《いた》った。言われてみればその通りだ。そんな当たり前のことに気づかないほど、思考力が低下して……いや、一つのことに偏《かたよ》って他が疎《おろそ》かになっているのだろう。

風間は二カ月近くにわたって、ある問いについて考え続けてきた。

――自分は、潤平を一人の人間として見ているのか？

倫《りん》とのやり取りでそれを否定された時、風間は「くだらない」と一蹴《いっしゅう》した。人間扱いしていないなどということがあるはずがない。そう確信していた。

だが、時間が経《た》つにつれ、その自信が揺《ゆ》らぎ始めた。

潤平のことを誰よりも大切に思う気持ちは本物だ。そこに迷いはない。

ただ、死香《しこう》という要素を完全に除外して考えた場合でも、同じように潤平を思いやることができるだろうか。

「もちろんだ」と答えることは可能だ。問題は、一瞬の躊躇《ちゅうちょ》もなくそう言い切れるかどうかという点にあった。

「で、どうなんだ。悩《なや》みでもあるのか」

蓮城が落ち着いた声で言う。その柔《やわ》らかなトーンには、「言いたくないなら言わなくてもいいぞ」というニュアンスが込められていた。

風間はもう一口赤ワインを飲み、「抽象的《ちゅうしょうてき》な話になるが、構わないか」と言った。

「ああ。こっちで勝手に頭の中で具体化するさ」と蓮城が微笑む。

「……ある男が、森の中で一羽の鶏《にわとり》を見つけた。その鶏は毎日金の卵《たまご》を産む。純金で、非常に高く売れる」

「どこかで聞いたようなおとぎ話だな」

「男は鶏を大切に扱っている。怪我や盗難《とうなん》のことを懸念《けねん》し、小屋から一歩も外に出さないようにしている。鶏はその環境に満足している」

「一応はＷＩＮ‐ＷＩＮの関係ってことか」

「ただ、金の卵を産むためには、鶏は硬《かた》い豆しか食べられない。鶏自身はその食事に不満はないが、男は不憫《ふびん》に感じている」

「優しいな、その男は。おとぎ話の登場人物ってのはだいたい自己中心的なものだが」

「……男は金の卵がどのように生み出されるのかに興味《きょうみ》を持っている。それを調べ、世間に発表したいと考えている。それにより国は潤《うるお》い、多くの人間が幸せになる。鶏も、普通《ふつう》の餌《えさ》を食べられるようになる」

「そうなればハッピーエンドだな。めでたしめでたし、だ」

「金の卵が生まれる仕組みを突き止めるまでは、現状を変えたくない。だが、その間はずっと鶏の自由を奪い続けることになる。この状況で、男はどう振る舞うのが正しいのだろうか。……どうだろうか。君の意見を聞いてみたい」

蓮城は頬杖《ほおづえ》をつくと、「いくつか質問をしてもいいか」と言った。

「無論だ」

「硬い豆の餌を止めたら、金の卵は二度と産まなくなるのか？」

「そう仮定して構わない」

「金の卵を産むことは、鶏の体に負担《ふたん》を与えないのか？」

「……現状は影響はないが、将来的には分からない」と風間は答えた。

「鶏が金の卵を産まなくなったら、多くの人間が不幸になるのか」

「いや、それはない。少なくとも短期的には、金の卵が世間に与える影響は小さい」

「要するに、男と鶏の間の問題ってことか」と蓮城が腕を組んだ。「となると、答えはシンプルだよな。個人による、としか言いようがない」

「そんなことは分かっている。どういう思考を経《へ》ても、究極的にはその結論にたどり着くに決まっている」

風間が睨《にら》むと、蓮城は「議論がしたいならそう言えよ」と笑った。「俺が同じ状況に置かれたとしたら、当分は鶏を手放さないかな。少なくとも、一生食べていくには困らないだけの卵をストックしたい」

「男は充分に裕福《ゆうふく》だと考えてくれ」

「ん？　ということは、国民を幸福にしたいがために鶏の研究をしてるってことか。……そんな奇特《きとく》な人間がいるか？」

「おとぎ話のようだと言ったのはそちらだろう。常識に当てはめずに、私の語ったことをそのまま受け止めてもらいたい」

「分かった。じゃ、意見を修正する。といっても、結論は同じだ。金の卵は産ませ続ける。理由は、それが貴重だからだ。生み出されるメカニズムに興味があるんだろ？　だったら、自分から状況を変えることはないだろうな」

「……鶏の気持ちはどうなる？」

「なんだよそれ」と蓮城が笑う。「鶏に気持ちなんてあるのか？」

「あると考えてほしい。会話ができる知能がある」

「とことんおとぎ話だな」と肩をすくめ、「じゃあ、もう答えは出た。鶏と話し合えばいい」と蓮城は言葉に力を込めた。

「……どう話す？」

「飼い主の男が方針《ほうしん》を決める。で、それを鶏に伝える。そこが会話のスタートだ。あとは、お互いの主張をぶつけ合い、双方が納得《なっとく》できる落としどころを見つけるしかないんじゃないか」

「……なるほど、そうか」

風間は口を結び、グラスに半分ほど残った赤ワインを見つめた。結局のところ、それしかないのだろう。蓮城が出した結論は、風間が考えていたものと同じだった。

「抽象的だと言ったわりに、ものすごく具体的に感じられたけどな」

「邪推《じゃすい》はよしてくれ」

「分かった、分かった。この話はこれで終わりってことでいいのか」

「……ああ。あとは自分で考える」

「ま、ぼかした形とはいえ、こういう相談を受けるのもこれが初めてだからな。それだけ難しい問題なんだろ？　俺でよければいつでも聞いてやるから、また話してみろよ。今度はもっと具体的にな」

蓮城が爽《さわ》やかな笑みを浮《う》かべる。彼がそれ以上踏《ふ》み込《こ》んでこなかったことに、風間は安堵《あんど》した。

ちょうどいい距離感を保つすべを心得ているからこそ、未《いま》だに蓮城との付き合いが続いているのだろう。風間は改《あらた》めてそのことを嚙《か》み締めた。

その後、二時間ほど研究の話をして、店をあとにした。

階段を上がり切ったところで、「じゃ、ここで解散かな」と蓮城が言った。「いつもの車で帰るんだろ」

「ああ。よければ送っていくが」

「必要ないよ。歩いて帰れる距離だ」蓮城はそう言って、風間の胸に拳《こぶし》を押し当てた。

「頑張れよ」

「……何をだ？」

「人生に関するあらゆる事柄《ことがら》を、だよ」

蓮城はにやりと笑い、「じゃあな」と手を挙げて去っていった。

風間は大きく息をついた。

蓮城と話したことで、一つの覚悟《かくご》は決まった。ただ、それは今まで避けていたことについて考える意思を固めたにすぎない。答えが出るまでにはまだ時間がかかるだろう。

ここからが本番だ。

誰かについてこんなに真剣《しんけん》に悩むのは、これが初めての経験だった。ひょっとすると人生において最初で最後かもしれない。そんな予感がある。

――あなたは、潤平を本当に愛《あい》しているの？

倫に言われた言葉が耳の奥《おく》に蘇《よみがえ》る。

ああ、そうか。

唐突《とうとつ》に風間は悟《さと》った。

自分がいま抱えているこの感情こそが、愛の入口なのだと。

「……だから、あの女は嫌《きら》いなんだ」と風間は呟いた。

昔からそうだ。倫の思考は常軌《じょうき》を逸《いっ》している。普通の人間は階段を上るように一つずつ考えを積み上げていく。だが、倫は違う。問いが発せられた一秒後には結論にたどり着いている。思考ではなく、直感で答えを出す。そして、それは絶対的な真理を射抜《いぬ》いていることがほとんどだ。神業《かみわざ》――あるいは悪魔の所業――としか言いようがない。倫と一緒にいると、自分という存在すべてが見透《みす》かされているような感覚に陥《おちい》る。だから風間は姉との接触を避けてきたのだった。

倫は風間が抱えている問題についても、すぐに答えを出してしまうだろう。あるいはすでに、それを持っている可能性すらある。そうでなければ、「愛しているのか」などという言葉を口にはしないだろう。

だからといって、倫を頼るようなことはしない。あとはひたすら自分と向き合い、唯《ゆい》一無二《いつむに》と断言《だんげん》できる答えを見つけ出すだけだ。

目の前に黒のレクサスが停まる。今週から、運転手は元に戻っている。

「自宅《じたく》に戻る」と伝え、風間は座席に体を預けた。

一人きりになれる時間は貴重だ。風間は目を閉じ、熟達《じゅくたつ》のダイバーのように急速に思考の世界へと潜《もぐ》っていった。

3

翌週の火曜日。風間は東京都《とうきょうと》の南西部にある稲城市《いなぎし》にやってきた。

車窓を流れていく景色《けしき》には田畑が目立つ。高い建物は見当たらず、歩道に人影《ひとかげ》は皆無《かいむ》だった。

時刻《じこく》はまもなく午前十時になる。ずいぶん遠くに来たような気がするが、渋谷《しぶや》の自宅を出てからまだ四十分ほどしか経っていない。

京王線《けいおうせん》の高架の下を通過し、坂道を上っていく。

道路脇《わき》には等間隔に桜が植えられている。春になれば、一面が薄桃色《うすももいろ》の鮮やかな景色に変わるだろう。それは、新生活への期待感や、明るい未来への希望といった前向きな感情を呼び覚ます効果がある。この道は、城花《じょうか》大学という私立大学のキャンパスに繋《つな》がる専用道路だ。街路樹《がいろじゅ》として桜を選択したのは、新入生のやる気を引き出す狙《ねら》いもあったに違いない。

坂を上りきり、入構手続きを済ませて正門を抜ける。建物の外壁はいずれも薄い褐《かっ》色《しょく》に統一されている。ただ、窓の形やカーテンの色、建物の高さなどが異なっているため、簡単《かんたん》に見分けはつく。

ゆっくりと進み、構内で最も高い建物に到着する。城花大学附属病院。ここが今日の目的地だ。

車を降り、正面入口から中に入る。テニスコートほどもあるロビーには、扇状《おうぎじょう》にベンチが並んでいた。百人くらいは座れそうだが、来院者の姿はまばらだ。基本的にこの病院は予約制で、外来の当日受付は行っていないためだ。

到着を告げようと受付に足を向けたところで、「風間先生」と呼び止められた。

白衣《はくい》を着た、がっしりとした体格の男性が近づいてくる。この病院に勤めている、根岸孝臣という内科医だ。学会で何度か会ったことがあったが、勤務《きんむ》しているところを見るのはこれが初めてだ。スーツよりも白衣が似合っている、と風間は思った。肩幅が広く、頼りになりそうな印象を受ける。

「すみません、わざわざお越しいただいて」

「いえ、お気になさらず。私の方がフットワークが軽いですから」

「では、部屋を取ってありますのでこちらへ」

根岸に案内され、近くにあった応接室に移動する。

黒革のソファーに腰を下ろし、根岸と向き合う。

根岸から連絡《れんらく》があったのは、昨日の午後のことだった。「匂い成分について、分析科学の専門家にぜひ意見を伺《うかが》いたい」と言われ、さっそくこうして足を運んだ。

研究者や医師の知り合いと交流を深めることには意味があると風間は考えていた。すぐに成果に結びつかなくても、いずれ貴重なサンプルを提供してもらえる場合があるからだ。そのメリットを考えると、数時間程度の時間を費やす価値《かち》は充分にある。

「それで、今日はどういったご用件でしょうか」と風間は切り出した。

「この附属病院に入院している、栗沢真那という十六歳の女性についての相談です」

根岸は神妙《しんみょう》な様子で、その患者について説明を始めた。

彼女は脳手術の影響で意識不明になり、八歳の時から昏睡が続いているという。五感に異常はないと思われるが、普段は外界からの刺激に対して無反応であるらしい。

「ただ、私が入室した時に限って、微笑むことがあるのです。他の人間では一度もそういった反応を見せたことはありません」

「ご連絡をいただいたということは、嗅覚が関係しているとお考えなのですね」

風間が先回りして言うと、「ええ。それが一番可能性が高いと思っています」と根岸は頷いた。「ただ、どの香りがその反応を引き出しているのかが分かりません」

「香り成分を特定したいと？」

「そうです。微笑みは何らかの刺激によって脳が活動した結果だと思われます。その刺激を繰《く》り返《かえ》すことによって、彼女を覚醒させられるかもしれません」

「なるほど……。私が所有している臭気サンプルを試してみますか？」

「それも一案ですが、まずはこちらで採取したものを分析していただけないかと考えています」と根岸は言った。「いずれ分析しようと思い、真那ちゃんの病室を訪ねたあとに、自分の周囲の気体を集めてきました。この一年分で、百本ほどあります。その中には、二本だけではありますが、彼女が微笑んだ時のサンプルも含まれています」

「反応のあった時となかった時を比較《ひかく》すれば、原因となった物質を特定できそうですね」と風間は言った。

分析作業自体は誰にでも可能だが、検出された物質を特定するには知識と経験が必要になる。しかも、扱いを誤ればサンプルは急激に劣化《れっか》する。根岸が自分で分析を試さなかったのは賢明《けんめい》と言えるだろう。

「引き受けていただけますでしょうか」

「ええ。せっかくですから、ぜひ挑戦できればと思います。今は他の作業がそこまで忙《いそが》しくありませんから、一週間以内にひと通りの作業を終わらせられるでしょう」

ここしばらく、死香の研究に役立ちそうな事件は起きていない。時間は充分にある。たまにはこういう依頼《いらい》を受けるのもいいだろう。

こうして「凪《なぎ》」の状態が訪れるのは珍《めずら》しいことだ。まるで運命を司《つかさど》る何者かが、「たっぷり悩め」と言っているのではと勘繰《かんぐ》りたくなる。

潤平との話し合いの場はまだ持てていない。伝えるべき結論が出ていないからだ。

考える方向は見えている。科学的な観点から答えを出せるような種類の問題ではないことも理解している。もはやこれは、自分が何を望むかという、極めて個人的な価値観によってのみ解決が可能なものだ。

だからこそ、時間がかかっている。自分の決断によって、今後の研究方針は大きく変わる。それを受け入れるための心の準備がまるで進んでいない。

現状を改めて分析していると、「よろしければ、真那ちゃんと会っていただけませんか」と根岸が言った。

「……ええ、ぜひお願いします」

会うことに意味はないと感じたが、根岸の気持ちは分からないではない。根岸はおそらく、その患者を「特殊《とくしゅ》なサンプル」ではなく、「一人の人間」として扱ってほしいと思っているのだろう。

応接室を出て、病室に向かう。真那は最上階の特別室で眠っているという。

　エレベーターに乗り込んだところで、「根岸先生のご専門は、心臓関連の疾患《しっかん》でしょう」と風間は話し掛けた。「主治医ではないというお話でしたが、どういうきっかけで、彼女の病室を訪ねたのですか」

「純粋な見舞いですよ」と根岸はエレベーターのドアを見つめながら言った。「真那ちゃんの母親の芙美《ふみ》さんには不整脈の症状があり、私が彼女の治療を担当していたんです。診察《しんさつ》の際に真那ちゃんの話題になることもありましたから、時々顔を見に行くようにしていました」

「真那さんの母親は、今は……」

「……ああ、伝えていませんでしたね。投薬によって不整脈の症状は安定していたのですが、真那ちゃんが昏睡状態になってから急激に悪化しまして。今から六年前に心臓発《しんぞうほっ》作《さ》で亡《な》くなりました」

　根岸は淡々《たんたん》と説明し、「私が芙美さんを看取《みと》ったんですよ」と小声で付け加えた。

　そこでエレベーターが止まる。

　先にかごを出て、「こちらです」と根岸が歩き出す。

「真那ちゃんの治療費は、芙美さんの生命保険金によって賄《まかな》われています」根岸が自分から話を再開する。「生前、彼女は自分の両親に、『何かあったら真那のために使ってほしい』と頼んでいたそうです。最悪の事態を想定していたのでしょう」

「……そうでしたか」

「気になると思いますから言ってしまいますが、芙美さんはシングルマザーです。真那ちゃんの父親については一切こちらにも情報がありません。たぶん、芙美さんだけしか知らなかったのでしょう」

風間は無言を選択した。患者のプライベートを知りたいという気持ちはなかった。単なる世間話のつもりで母親のことを尋《たず》ねたのだが、それが間違いだったようだ。辺りにはひと気がなく、不気味なほどに静まり返っている。気まずい沈黙《ちんもく》に促《うなが》されるように、風間は窓の外に目を向けた。キャンパスが丘の上にあるので見晴らしはいい。遠くの方に富士山が見えていた。

「この部屋です」

根岸がある病室の前で足を止める。彼が引くと、音もなくするすると戸が開いた。

「では、失礼して」と風間は病室に足を踏み入れた。

ベッドで一人の少女が眠っている。彼女が栗沢真那だ。とても十六歳には見えない幼さだった。

風間は室内を見回した。芳香剤《ほうこうざい》や生花は置かれていない。ベッドのシーツも薄《う》っすらとせっけんの香りがするだけでほぼ無臭だった。

「匂いには気をつけているのですか」

「そうですね。なるべく安定した状態を保つように心掛けています。真那ちゃんのことを考えれば、いろいろな香りを楽しめる環境を作るべきなのでしょうが……可哀想《かわいそう》ですが、仕方ないかと」

「ベースラインとなるサンプルが必要ですので、気体を採取させてもらえますか」

「ええ、もちろんです。私は外に出た方がいいですよね」

「微笑みのトリガーは根岸先生のようですから、在室時と不在《ふざい》時、両方採取します。その方がデータの解析《かいせき》がやりやすいはずです」

「了解です。では、ひとまず廊下にいますので」

根岸が風間を残して病室をあとにする。

引き戸が閉まりきるのを確認し、風間はアタッシェケースから空気採取用の注射器を取り出した。

と、そこでケースの中に一本のプラスチックチューブを見つけた。中には、強盗に襲《おそ》われて命を落とした老人が死亡時に着ていた衣類の一片が入っている。死香分析用のサンプルだ。今朝、手違いで大学ではなく自宅に届いたものだった。

――ひょっとしたら。

風間の脳裏《のうり》にある可能性が浮上する。

チューブを手に取ると、風間はゆっくりと蓋《ふた》を開けた。それを、眠っている真那の鼻先に近づける。

十秒ほど待ち、風間はチューブの蓋を締めた。しばらく観察したが、真那の表情には何の変化もない。ただ穏《おだ》やかに眠っているだけだった。

「……考えすぎか」

真那は死香に反応して微笑んでいるのではと思ったが、どうやら当てが外れたようだ。

風間はチューブを仕舞い、室内の空気を採取する作業に取り掛かった。

4

その日の夜。風間は午後九時過ぎに帰宅《きたく》した。

玄関先《げんかんさき》で靴を脱いでいると、軽い足音が廊下を駆けてくる。

「お帰りなさい」

潤平がいつものように、笑顔で出迎《でむか》えてくれた。ほっと安らぐ瞬間だ。

「食事はもう済ませたのか」

「あ、はい。仕事終わりに同僚《どうりょう》と、いつもの焼き鳥屋に行きました」

そうか、と風間は手を洗うために洗面所に向かった。潤平は外食の際に焼き鳥屋を選ぶことが多い。食べられないものは徐々に増えているが、肉や内臓に塩を振ったシンプルな焼き料理であれば問題ないようだ。

リビングダイニングに入ると、潤平が食事用のテーブルを拭《ふ》いていた。彼はこんな風に、身の回りの掃除を積極的にやってくれる。清掃《せいそう》の仕事を長く続けているだけあって手際がいい。

「風間さんは、お食事は」

「まだだ。適当に済ませる」そう言って風間は椅子に腰を下ろした。「君も座ってくれないか。話しておきたいことがある」

「分かりました」と、やや困惑《こんわく》した様子で潤平が向かいの席につく。

夕方から感じていた緊張感がさらに強まっているのが分かる。こうして潤平を目の前にしても、なかなか言葉が出てこない。

風間はふうっと息をつき、「仕事の調子はどうだね」と、まずは適当な話題を口にした。

「今日は午前中に一件、午後に一件なので、まあまあ標準的な作業量でした。ただ、テンポは悪かったですね。親しかった先輩が退職して、まだ経験の浅い人と組んでいるので効率が上がらなくて……思ったよりも時間がかかりました」

「死香の感知について問題は起きていないか？」

「それは大丈夫です。体調はいいですよ。いつでも捜査協力を始められます」と潤平は明るく言った。彼の言葉には確かな力強さがあった。

最近になって、潤平の態度に変化が起きつつあると風間は感じていた。

出会った頃は明らかに死香を持て余し、それに振り回されていた面があった。何としてでも体質を改善し、副作用の呪縛《じゅばく》から逃《のが》れたいと願っていた。

だが、今は違う。彼は死香と真正面から向き合い、真剣に考え続ける中で精神的に大きく成長した。それをコントロールするだけではなく、他者のために活用しようと努力している。

風間はその姿を間近でずっと見てきた。潤平のひたむきさには本当に頭が下がる。これほど尊敬できる人間を風間は他に知らない。

彼と対等なパートナーになるには、自分も真摯《しんし》にならねばならない。心のすべてをさらけ出し、本音でぶつかり合う。それ以外に方法はないだろう。

風間は深呼吸をして、まっすぐに潤平を見つめた。

「ここしばらく、私はこれからのことについて考えていた」

「え？　あ、はい」

一瞬意外そうな顔をしたが、潤平はすぐに背筋《せすじ》を伸ばした。

「君は、私と交わした契約《けいやく》について覚えているか」

「もちろんです」と潤平が頷く。「三十年間の研究協力、体調管理、秘密《ひみつ》保持の三項目の契約ですよね」

「そうだ。私が見直しを検討しているのは、体調管理に関する取り決めだ。君が死香を感知する能力は、特殊清掃の業務を通じて身についたと考えられる。それを維持《いじ》するために、特殊清掃の仕事を続けるように指示していた」

「そうですね……」潤平が目を伏《ふ》せて呟いた。「……特殊清掃のアルバイトを減らしたことについての話し合いでしょうか」

「無関係ではないが、主題ではない」と風間は言った。「私の研究は完全に君に依存《いぞん》している。君が感じた死香を分析し、含有《がんゆう》成分を特定するという形で進めてきた。死香のメカニズムを解明し、君がまた元のように食事ができるようにする。それが我々の最大の目的だ」

「ええ、おっしゃる通りです」

「研究活動そのものは順調だったと私は認識している。ただ、それは君の犠牲《ぎせい》の上に成り立っていたのではと気づいたのだ。自分の欲望に目がくらみ、君に我慢《がまん》を強《し》いていたということに、今さらながらに思い至った」

「……あの、犠牲とか我慢って……いったい何のことですか？」

潤平が不思議そうに訊く。その無防備な表情に胸が微《かす》かに痛んだ。

「君の治療を完全に放置していることだ」と風間は言った。「元々は、君は体質の改善を希望していたはずだ」

「確かに治ればいいなとは思っていました。でも、最初に会った頃に先生がおっしゃっていたじゃないですか。副作用のリスクがあるから投薬治療は危ないって」

「それは事実ではある。適切な薬剤は存在せず、治療は手探りになる。しかし、『危険だからやらない』と『最初からやるつもりがない』の間には明確な差がある。私のスタンスは後者であり、治療法についての検討を一切行ってこなかった。これは明らかに君の厚意に付け込む卑劣《ひれつ》な手口だ」

「いや、でも風間さんは僕のために、死香を再現してくれたじゃないですか。チョコレートやパンはそれで食べられるようになりました」

潤平が懸命に訴《うった》え掛けてくる。彼の心遣いに感謝しつつ、「それは所詮、その場しのぎにすぎない」と風間は言い切った。「偽物《にせもの》を与えて満足させようというのは、詐欺師《さぎし》のやり方そのものだった」

「そんなに自分を悪く言わないでください。先生は精一杯頑張ってくれています」

潤平が涙《なみだ》ぐんでいるのを見て、風間は冷静さを取り戻した。自分への怒りが高まり、表現が過剰《かじょう》に攻撃的になってしまっていた。この話し合いの目的は過去の償《つぐな》いではなく、これからの方針を決めることにある。そこを勘違《ちが》いしてはいけない。

「……すまない。確かに、私にも自分なりにベストを尽くそうという意志はあった。ただ、君との関係性について、根本から考え直すという発想が完全に抜け落ちていた。それに関してはやはり反省すべきだろうと思う」

潤平が唇《くちびる》を結び、目を伏せた。

「もし治療が成功したら、もう死香は感じ取れなくなります」

「そうなるかもしれない。ただ、私には君との活動を通じて得た経験がある。死香の主な構成成分の半分程度は特定できたはずだ。このデータがあれば、今まで通り捜査協力を続けることは可能だろう」

「風間さんが大変な努力を重ねていることは知っています。それでも、死香の感度はまだ僕の鼻の方がずっと高いはずです。感知可能なレベルが下がれば、研究のペースは一気に低下するのではありませんか」

「それは仕方のないことだ」と風間は首を振った。

「捜査協力はどうするんですか」

「できる範囲《はんい》で対応する。事件の真相を突き止めることは確かに重要で、社会的に意義のあることだ。しかし、何度も言っているが、君がそれを背負《せお》う義務はない。一時的に未解決事件が増えたとしても、個人の体質に頼る状況は改善すべきだ」

「納得できません」と今度は潤平が首を振る。「風間さんの目には僕が我慢しているように映るのかもしれませんが、僕自身の感覚は違います。死香で研究や捜査に協力できることに、僕はやりがいを感じています。誰かの役に立てることが嬉《うれ》しいんです」

「君の食生活は日に日に制限が厳しくなっているではないか」

「そんなのは、大したことはないです。犯罪の被害に遭《あ》った方やそのご家族の苦しみに比べたら、あってないようなものです。食べられないものより食べられるものの方がまだまだ多いんですよ。全然余裕《よゆう》です！」

潤平の目は真剣だ。彼が本音でぶつかってきていることは分かる。予想通りの反応ではあった。

「今、この場で答えを出すつもりはない」と風間は席を立った。「改めて伝えておく。私の提案《ていあん》は、『嗅覚の治療』だ。一度、じっくり考えてみてほしい」

「どれだけ考えても、僕の意見は変わりません」

「それは時間が経たなければ分からないことだ。……そうだな。一週間後に話し合いの場を持とう。その時に答えを聞かせてくれたまえ」

「待ってください。僕の方からも伝えたいことが……」

「それは今の話と別件か？」

「……いえ、延長線上にあります」

「ならば、そちらも来週にしてほしい。まとめて話すことにしよう」

風間はそう言って自分の部屋へと向かった。

スーツの上着を脱ぎ、ベッドに腰を下ろす。自然と大きなため息がこぼれた。

鼓動《こどう》が異様に速くなっている。悩み抜いた末に出した結論とはいえ、それを伝えるだけでこんな風になるとは思わなかった。

人生で初めての、強烈《きょうれつ》な緊張感。経験はないが、プロポーズをしたなら、こんな風に心拍数《しんぱくすう》が上がるのかもしれない。

とにかく、賽《さい》は投げられた。自分にできることは、潤平が答えを出すのを待つだけだ。

今日は昼から何も食べていないが、空腹は感じなかった。緊張が解けるまで食欲が湧《わ》くことはないだろう。

風間はそのままベッドに横になり、強く目を閉じた。

5

六月十四日、金曜日。風間は再び、城花大学の根岸のもとを訪ねた。預かっていたサンプルの分析結果を伝えるためだ。

出迎えた根岸と共に、前回と同じ応接室に移動する。

ソファーに腰を下ろすなり、「いかがでしたか」と根岸が訊いてきた。彼には、「興味深い結果が出た」としか伝えていない。

「お借りしたサンプルから、真那さんが微笑んだ時と無反応だった時を比較しました。その結果、前者からいくつかの特徴的な成分が検出されました。2、5‐ジメチルピラジンやノナンニトリルなどです。そしてそれらの成分は、私がこれまでに収集、分析した独自《どくじ》のデータベースに存在するものでした」

「それはどこで採取されたものなのでしょうか」

「……それをお伝えする前に、真那さんにこれらを嗅いでもらいたいのですが」

風間はそう言って、持参したアタッシェケースを開いた。中には、水溶液の入ったサンプルチューブが数十本並んでいる。

「こちらは……」

「今回特定した香気《こうき》成分がこの中に入っています。配合比率を変えたサンプルを作りました。私の分析が正しければ、彼女はいずれかに対し反応を見せるはずです」

ごくりと根岸が唾《つば》を飲み込む。

「……分かりました。準備をしますので、しばらくお待ちいただけますか」

根岸が部屋を出ていく。風間はアタッシェケースの蓋を閉じ、小さく息をついた。

今回のサンプル調整はすべて自分一人で行った。普段なら潤平に作業の一部を頼む場合もあるが、そもそも根岸からの依頼については説明さえしていない。

今後の関係性を決める提案から三日。風間は潤平とほとんど会話をしていなかった。

朝の「おはよう」くらいだろうか。食事中もお互い無言だ。

一緒にいる時間そのものも減った。水曜日の大学でのアルバイトは休ませたし、事件現場でのサンプル採取も風間一人で行っている。

これは仲違《なかたが》いではないと風間は考えている。どちらからともなく距離を取るようになったという方が正しい。次の話し合いまでは極力意見を交わさない方がいいと潤平も考えているのだろう。

風間は眼鏡を外し、目頭《めがしら》を指で押さえた。

この何日か、寝不足が続いていた。眠りが浅く、夜中に何度も目が覚めてしまう。目覚める直前には必ず悪夢を見ている。まぶたを開くと夢の記憶《きおく》は消え、ただ漠然《ばくぜん》とした不安だけが心の中に残っている。

こういう状態に陥った経験がないため、改善する方法が分からない。少なくとも潤平との次の話し合いが終わるまではどうしようもないのだろう。

目を閉じて休んでいるとドアが開き、根岸が顔を覗かせた。

「すみません、ずいぶんお待たせしてしまいました」と申し訳なさそうに根岸が言う。

「ちょうどケアの時間に当たっていまして。それがやっと終わりました」

応接室の時計《とけい》を見ると、二十分ほど経っていた。少しうとうとしてしまったようだ。

「大丈夫です。もう病室に入れますか」

「はい。よろしくお願いします」

緊張した面持《おもも》ちの根岸と共に、真那の病室に向かう。

病室のドアは開け放たれていた。真那は今日もベッドで寝息を立てている。風間たちが入室しても無反応だ。

「私は外で待ちます」

部屋を出ようとした根岸を、「いえ、このままで結構です」と風間は呼び止めた。「彼女の表情を見ていてください」

「……分かりました」

風間は用意したサンプルの中の一本を手に取った。軽く振り、水に溶けている香り成分をチューブ内に充満《じゅうまん》させる。

「では、いきます」

蓋を開き、真那の顔にプラスチックチューブを近づける。

真那のまぶたが微かに動くのが見えた。

そこで手を止め、じっと様子を見守る。

「……あ、あ……」

背後で根岸が声にならない声を上げた。

真那は微笑んでいた。目を閉じたまま、幸せそうに笑っている。

「この反応は、根岸先生がご覧になったものと同じでしょうか」

「え、ええ……まさしくこの笑顔です」

「そうですか」と風間はため息をついた。

分析結果から導《みちび》かれた仮説は正しかったようだ。だが、問題はここからだ。

風間はプラスチックチューブを仕舞い、「説明させてください」と言った。

根岸は真那をちらりと見て、「お願いします」と応じた。真那の笑みはすでに消え、無表情に戻っていた。

「私はこの二年ほど、遺体《いたい》から放たれる匂いの研究に力を入れています。特に注目しているのは、腐敗臭《ふはいしゅう》とは異なる成分です。これらは死の直後から空気中に放出されますが、微量であるため、普通の人間には無臭に感じられます。区別のため、私はこの匂いを『死香』と呼んでいます」

根岸は険しい表情で風間の話を聞いている。

「先ほど説明した。2、5‐ジメチルピラジンやノナンニトリルといった物質は、死香に含まれる成分です。今の変化を見る限り、真那さんは死香に反応して微笑んだものと思われます」

「いや、待ってください。先ほど風間先生は、『死香は無臭だ』とおっしゃいました。実際、目の前でチューブの蓋を開いても、私は何の匂いも感じませんでした。それなのに、真那ちゃんが匂いに反応したというんですか」

「……ここから先はまだ研究中なので内密にしていただきたいのですが、ごく稀《まれ》に死香を感じ取れる人間がいます」と風間は囁《ささや》くように言った。「嗅覚そのものが優れているというより、匂いを感知する受容体《じゅようたい》、もしくは受け取った信号を脳に伝える神経に何らかの変化が生じていると推測しています」

「……真那ちゃんはその能力を持っていると」

「そのように見受けられます」

風間は別のプラスチックチューブを手に取った。さっきと同じようにチューブを振ってから蓋を開き、真那の顔に近づける。しかし、しばらく待っても真那の表情に変化は現れなかった。

「それは……？」

「いま嗅《か》がせたのは、別の死香を再現したサンプルです。死香は亡くなった人間の年齢《ねんれい》や性別、遺体の状況や死因によって変化します。構成成分も異なってきますから、死香を感じ取れる人間にとっては、別種の匂いに感じられるのだと考えています。どういう匂いになるかは個人によると思いますが、バラとユリくらいの違いはあるのではないでしょうか」

「……微笑んだ死香は彼女にとっての『心地いい匂い』で、いま先生が試されたものは、

『それほど好みではない』ということですか」

「おそらくは」と風間は頷いた。「二番目に試したのは、首を吊《つ》って自殺した三十代の男性の死香です。真那さんは無反応でした」

根岸が眉根を寄せ、真那の方に目をやる。

「では、微笑んだ方は……」

「そちらの死因は心臓発作です。発作で亡くなった場合に多く放出される死香成分に反応したようです」風間はそこで根岸の方に一歩近づいた。「かつて真那さんが笑みを浮かべた時、彼女に近づいたのは根岸先生だけでしたか」

根岸は一瞬だけ風間の方を見て、また真那のベッドに視線《しせん》を戻した。

「ええ、私一人です」

「それならば、先生の衣服に心臓発作由来の死香が付着していた可能性が高いと思われます。その点についてはいかがでしょうか」

「……心当たりは、ありますね」と、根岸は大きな手を自分の胸に当てた。「担当していた患者が、自宅で急死されることがありました。その時に、検案《けんあん》のために遺体に触れています。ただ、遺体に触れた日に必ず真那ちゃんの様子を見に行ったわけではありません。それでも、死香が原因だとおっしゃるのですか」

「死香はシャワーを浴びたり、服を着替えたりしても体の表面に残ることがあります。

翌日《よくじつ》以降に反応があってもおかしくはありません」

「……確かに、一度彼女が笑うと、何日かそれが続く傾向《けいこう》がありました」根岸は自分の手を見つめて言った。「そうか、その間ずっと、死香の残り香を感じていたのか……」

「データベースを活用すれば、死香を人工的に再現することは可能です。心臓発作以外にも、真那さんが反応する死香はあるかもしれません。それらを使えば、彼女の覚醒を促すこともできるのではないでしょうか」

「そうですね……ありがとうございます。真那ちゃんの主治医とも話して、今後の治療方針を考えたいと思います」

お辞儀《じぎ》をしようとした時、根岸の体が急にぐらりと傾《かたむ》いた。

手を伸ばし、床に倒れ込みそうになった彼を支える。

「大丈夫ですか」

「ああ、すみません。少し眩暈《めまい》が……」

根岸は頭を押さえながら、よろめくように近くの椅子に座った。

「誰か呼んできます。休んでいてください」

病室を出ようとしたところで、「風間先生」と根岸に呼び止められた。

「……死香というのは、いつの時点で最も濃度が高くなるのでしょうか」

「どの成分に着目するかで評価は変わりますが、死の直後に放出された死香は成分の含有量や種類が豊富で、匂いとして残りやすいという特徴があります」

なぜ急にそんな質問をするのだろう。風間は訝《いぶか》しく思いながらも、自分の見解を根岸に伝えた。

「そうですか……。やはり成分量が多いほど、刺激も強いのでしょうね」

根岸が大きく息をついて目を閉じる。

顔色がよくない。急いだ方がよさそうだ。「すぐに戻ります」と言い残し、風間は部屋をあとにした。

6

桜庭潤平はがらんとしたリビングを見回し、「うん、問題なし」と呟いた。

潤平は「復元班」として、都内のあるアパートにやってきていた。

復元班は特殊清掃を担うチームの一員で、清掃完了後の部屋を訪れ、状況を確認する役目を受け持っている。

清掃を行う「実務班」に比べると体力的には楽だが、ここで見落としがあると依頼人の信頼《しんらい》を失うことになり、ひいては会社の評判が低下することになる。染《し》みは残っていないか。匂いは完全に消えているか。清掃前に室内にあった物は揃っているか。それらを念入りに確かめ、依頼人への報告書を作らねばならない。目立つ仕事ではないが、会社にとっては重要なポジションなのだ。

ちなみにこの現場では、七十代の一人暮らしの男性が亡くなっていた。就寝中《しゅうしんちゅう》に動《どう》脈瘤《みゃくりゅう》が破裂《はれつ》したことによる失血死《しっけつし》で、死後数日が経ってからの発見だった。遺体の腐敗が進行しており、寝室《しんしつ》だけではなくリビングや洗面所にも死臭が拡散していたという。すでに死香は消えているが、念には念を入れてもう一度すべての部屋をチェックして回る。

復元班は一人で現場を訪れることが多い。作業としてはいつも通りなのだが、潤平はさっきからどうにも違和感が拭《ぬぐ》えずにいた。

理由は自分で分かっている。樹《いつき》と共に行動していた時のことを思い出し、ついつい比較してしまうからだ。常に樹とだけ作業をしていたわけではないが、一緒に現場に行った回数は間違いなく最多だ。そのため、潤平の中ではいつの間にか、特殊清掃の仕事では樹が隣にいることが当たり前になってしまっていた。

誰と作業をしても、与えられた役割をきっちりこなさなければならない。頭では分かっているのだが、以前ほど前向きな気持ちで取り組めない。それは潤平自身にとっても意外な変化だった。

「……自分に向いてる仕事なんだけどな」

誰もいない風呂場《ふろば》で、潤平は独《ひと》り言《ごと》を漏《も》らした。

特殊清掃の現場では、遺体の腐敗によって生じた強烈な悪臭《あくしゅう》に晒されることも少なくない。それに耐《た》えられずに辞めていく者も多い。誰もが敬遠《けいえん》する悪臭を食べ物の匂いだと感じられることは、働く上での明確なメリットだ。

ただ、それは必ずしも前向きに仕事に取り組もうという気持ちに繋がるわけではない。最近になって、潤平はそう思うようになった。

指が長かったり柔軟《じゅうなん》に動かせたりするからといって、ピアノの演奏に夢中になれるとは限らない。それと似たようなものだ。資質と意欲は直結してはいないのだ。

――私の提案は、「嗅覚の治療」だ。

風間に言われた言葉が、ふいに頭の中に響いた。

もしその提案を受け入れることで死香を感じなくなったら、特殊清掃の仕事は一気にきつくなるだろう。ある意味では今まで楽をしていた。急に過酷《かこく》な状態に戻されたら、そのギャップで相当しんどい思いをすることになるはずだ。

死香の治療が進めば、おそらく特殊清掃の仕事を辞めることになるだろう。

それは仕方のないことだ。仕事に携《たずさ》わる中でやりがいを見つけ、誇《ほこ》りを抱くようにはなったが、「どうしてもこの仕事がやりたい」と思って特殊清掃のアルバイトを始めたわけではない。残念ではあるが、受け入れることはできる。

問題は、もう一つの仕事の方だ。

死香を感じられない自分が、果たしてどれくらい風間の役に立てるのか。潤平はそのことをずっと考え続けている。

サンプル採取やデータ処理を手伝うことはできるが、それは他の人間にも務まることだ。専門知識があれば、素人《しろうと》である潤平よりも効率は高まるだろう。風間のためにも、自分から身を引くべきだ。

また、死香が感知できないのであれば、もはや風間と同居する意味もなくなる。

風間の自宅に住まわせてもらっているのは、月森《つきもり》からの攻撃から身を守るためだ。月森はおそらく潤平が死香を感知できることに気づいており、風間の研究パートナーとして活動していると推測している。だから嫌がらせとして、潤平の嗅覚の麻痺《まひ》を狙った攻撃を仕掛けてきた。

だが、死香が感じられなくなれば、妨害の必要性はなくなる。攻撃の恐《おそ》れは消え、何の憂《うれ》いもなく一人暮らしに戻れることになる。

そうなれば、いずれ風間との縁も切れる。潤平と風間は死香によって繋がっていた。その絆《きずな》が断ち切られれば、離れ離れになるのが自然な成り行きだろう。

風間の提案を受け入れるということは、そういう未来を迎える覚悟を持つことに等しい。

はっきり言って、そんなのは嫌だ。それが今の潤平の素直《すなお》な心境だった。

ただ、風間もそういったことを分かった上で、「死香の治療を始める」という提案に踏み切ったはずだ。その想いに応《こた》え、風間との別れを受け入れるべきなのでは、という迷いがある。

「ああ、またボーッとしてるし」

トイレの便器の前で立ちすくんでいる自分に気づき、潤平は軽く頬をはたいた。今は仕事中だ。確認作業に集中しなければ。

一人でいると余計なことばかり考えてしまう。潤平は手早く再チェックを済ませ、作業現場をあとにした。

今日はこのまま徒歩で次の現場に向かい、同僚と合流することになっている。特殊清掃ではなく、高速道路の橋梁《きょうりょう》に描かれた落書きを消す作業だ。

地図を確認する。歩いて十五分といったところだ。

「よし、じゃあ行くか」

アパートの正面玄関から外に出たところで、潤平は足を止めた。

黒い車を背に、オレンジ色のワンピースを着た倫が立っていた。

目が合うと、「ごきげんよう」と倫は微笑んだ。

「相変わらず、神出《しんしゅっ》鬼没《きぼっ》ですね」と潤平は苦笑した。作業場所は会社の人間しか知らないはずだ。どうやってこの場所を突き止めたのか、さっぱり分からなかった。

「由人と、お互いに心をさらけ出すことはできたかしら？」

少し考えて、「……その前段階というところです」と潤平は答えた。「風間さんの方から、率直な意見をぶつけられました。今度は僕がそれに返事をする番です」

「そう。ようやく由人も一歩を踏み出したわけね。安心したわ。潤平は、答えの準備はできているのかしら？」

「いえ、まだです。でも、絶対に逃げないという決心はあります。しっかり考えて、妥《だ》協《きょう》のない、僕の正直な気持ちを風間さんに伝えます」

「それなら大丈夫ね。安心したわ」

「……あの、ありがとうございました」潤平は深々と一礼した。「いろいろと僕たちのために動いていただいたんですよね」

「由人から聞いたの？」

「いえ。でも、なんとなくそうかなと。倫花《りんか》さんは、風間さんにもアドバイスをしたんじゃないですか」

「あなたたちを見ていると、つい口出ししたくなるの」と倫が肩をすくめる。「だって、二人とも可愛《かわい》くて仕方がないんですもの」

「いつも、風間さんのことを気に掛けているんですね」

「そうね。でも、近づきすぎないようにはしているわ。由人はね、完璧な珠《たま》を常に求めているの。傷一つない生き方という珠をね。他人から手助けされた時点で、その完璧さは失われる。すべて自分でやらなきゃ気が済まないの」

「それでも、いつかは倫花さんに感謝する日が来ると思います」

「別に、ありがとうの言葉を求めているわけではないわ。あなたたちが幸せなら、それでいいの」

倫はそう言うと、ワンピースの裾を翻《ひるがえ》した。すかさず運転席から砥羽《とはね》が現れ、後部座席のドアを開ける。残像が網膜に残るほど素早い動きだった。

「次はぜひ三人で会いたいわね」

「そうですね。風間さん次第ではありますが」

「気長に待つことにするわ。それじゃ、またね」

倫が車に乗り込み、砥羽が丁寧《ていねい》にドアを閉める。彼は潤平に一礼して運転席に戻ると、緩やかに車を発進させた。

潤平はその場に佇み、遠ざかっていくテールランプをじっと見つめた。

「……うん、決めた」

倫と話したおかげだろうか、ついさっきまでまとわりついていた迷いは完全に消えていた。

返答の期日まではまだ数日ある。答えは変わらないが、風間に伝えるのはその日まで待つことにした。風間に対する誠意として、ギリギリまで考える姿勢を見せるべきだ。答えが出たおかげで気分が一気に爽快《そうかい》になっていた。

潤平は「よし」と太ももを叩《たた》くと、次の現場に向かうべく駆け出した。

7

六月十八日。風間が教員室で学生のレポートを採点していると、スマートフォンに着信があった。

一瞬、潤平からの連絡かと身構えたが、画面《がめん》に出ていたのは根岸の名前だった。

ふっと息をつき、電話に出る。

「根岸です。すみません、いきなり電話してしまって」

「いえ、お気になさらず」と風間は言った。連絡してほしくない相手に電話番号を教えることはない。「体のお加減はいかがですか」

「熱はありませんし、検査の結果は正常でした。ただ、時々ふらつく時がありますね。どうやら、少し疲《つか》れが溜《た》まっているようです。今日は休みました」

根岸は生気のない声でそう答えた。まだ体調は回復しきっていないようだ。

「そうですか。真那さんについてのご相談でしょうか」

根岸が電話をかけてくる用件といえばそれしかない。本題に入るように促すと、根岸は「ええ……」と神妙に言った。

「風間先生にお伝えしたいことがあります。それで、お手数なのですが私の自宅にいらしていただけませんか。誰もいない場所で話がしたいのです」

風間はちらりとパソコンのモニターを見た。画面の隅《すみ》に表示された時刻は午前九時半だった。

「今日、これからでしょうか？」

「もし可能であれば。午後はいかがでしょうか」

午前中は講義があるが、午後からは特に予定は入っていない。

「午後二時頃なら伺えます」

「ええ、それで結構です」

根岸は自宅の住所を告げ、「申し訳ありませんが、よろしくお願いいたします」と丁寧に言って通話を終わらせた。

スマートフォンを置き、風間は潤平の席に目を向けた。

そろそろ、特殊清掃の仕事が始まった頃だ。今日は現場には行かず、事務作業が中心になると言っていた。夕方には家に戻っているだろう。

嗅覚の治療を始める——潤平にその提案をしてから、一週間が経過した。今夜、彼と話し合うことになっている。

潤平の判断に余計な影響を与えないために、なるべく彼とは言葉を交わさないように気をつけてきた。果たして、潤平はどんな答えを出したのだろうか。

風間は手のひらを見つめながら、ため息をついた。

答えを聞くのが怖《こわ》い。

心の片隅にその気持ちがあることに、風間は気づいていた。治療の提案をした時点で、迷いは振り切ったつもりだった。だが、追いやったはずのその「弱さ」が、この数日の間にまた心に忍《しの》び込《こ》んできたようだ。いや、あるいはいったん見えなくなっただけで、ずっと奥底に潜《ひそ》んでいたのかもしれない。

いずれにしても、こんな気持ちになったのは初めてだった。今までの人生で、自分をコントロールできなくなったことはなかった。冷静になろうと意識せずとも、常に平常心を保つことができた。だから、感情の揺れにどう対処していいのかが分からない。ただ不安に耐えることしかできない。

それも今夜までだ、と風間は声に出さずに呟いた。

会話は避けてきたが、表情を見れば潤平がすでに決断を下していることは分かる。潤平は堂々と自分の気持ちをぶつけてくるだろう。それをしっかりと真正面から受け止めることだけを考えればいい。

風間は自分にそう言い聞かせ、レポートの採点作業を再開した。

午後一時五十分。風間は川崎市《かわさきし》にやってきた。

根岸が暮らす一軒家は、浄水場《じょうすいじょう》のすぐそばにあった。二階建てで、周囲を生垣《いけがき》に囲まれていた。生垣の高さは二メートル近くあり、道からは一階部分が見えない。川崎市は稲城市と隣接している。車で通勤しているのだろう。

車を降り、アルミの門扉《もんぴ》の前に立つ。

インターホンを鳴らすが、しばらく待っても反応がない。

そこで風間は郵便受けに貼《は》られた付箋《ふせん》に気づいた。手書きの文字で、〈風間先生へ　少しふらつくのでお出迎えできません。リビングにいますので、そのままお入りください〉とあった。

どうやら具合が悪いようだ。人と会える状態なのだろうかとも思ったが、そこまで悪くなっているなら逆に様子を見に行った方がいい。根岸は独身で一人暮らしのはずだ。

風間はメモの指示通りに玄関へと向かった。

ドアの前にたどり着く。金属製のレバーを押し下げてみると、鍵《かぎ》は掛かっていなかった。

「風間です。失礼します」

ドアを開けて声を掛けるが、返答はない。

下駄箱《げたばこ》の上に、炭《すみ》の消臭剤が置かれている。ケースの中身は空《から》っぽだった。

上がり口にスリッパが揃えて置かれていた。それを見た瞬間、風間は違和感に襲われた。体調が悪いのに、スリッパを用意する余裕はあったのだろうか。

「根岸先生。いらっしゃいますか」

もう一度呼び掛けるが、やはり返事はなかった。

風間は靴を脱いでスリッパを履《は》いた。廊下は奥に向かってまっすぐ延《の》びている。突き当たりのドアは開きっぱなしになっていた。ダイニングテーブルが見えており、その奥にソファーが見える。あちらがリビングのようだ。

風間は意識的に足音を立てながら廊下を進んでいった。

部屋に入ったところで、風間は足を止めた。

リビングの中央、カーペットの上に真っ黒な袋が置かれていた。長さ二メートル半、幅は七〇センチくらいで、長辺に沿って上から下まで続くファスナーが付いている。

風間はそれを見たことがあった。遺体を一時的に収納する袋だ。

その膨《ふく》らみ具合から、中に人が入っていることは一目瞭然《いちもくりょうぜん》だった。

日常から掛け離れた異常事態が起きている。風間はそう直感したが、不思議なほどに落ち着いていた。あの付箋のメモを見た時から、この展開を頭のどこかで予感していたのかもしれない。

ダイニングテーブルの上に白い封筒が置かれていた。表には〈風間先生へ〉と記されている。

指紋《しもん》を付けない方がいい。風間はアタッシェケースを開き、中から白い手袋を取り出した。

封筒の中には三枚の便箋《びんせん》が入っていた。

風間先生へ

最初に、先生に多大なるご迷惑《めいわく》をお掛けすることを心よりお詫《わ》び申し上げます。わざわざ自宅に呼びつけた上に、このようなご面倒を押し付けることを心苦しく思います。他に手段が思いつかず、恥を忍んで先生にすべてを託《たく》すことにいたしました。

現在時刻は、午後二時前後だろうと思います。

私は居間の遺体袋の中で、午後一時ちょうどに過剰量《かじょうりょう》の塩化カリウム水溶液を注射します。先生がお見えになった時にはすでに心停止し、死に至っているものと思います。

私がこうして自殺という選択をした理由は三つあります。

一つ目は、病《やまい》です。つい一週間前に、末期の膵臓癌《すいぞうがん》であることが判明しました。風間先生とお会いする直前のことです。リンパ節《せつ》などへの転移《てんい》が起きており、余命は長く見積もっても数カ月です。このような事情から、自分の意志で命を絶つこととしました。

二つ目は、死香です。風間先生の分析によって、心臓発作によって発生した死香が栗沢真那を微笑ませたことが判明しました。また、死の直後の方が死香の濃度は高いと伺いました。遺体袋の中には死香が充満していると思います。どうかこれを分析し、栗沢真那の治療に役立てていただければと思います。

三つ目は、贖罪《しょくざい》です。私は自身の患者であった栗沢芙美を殺害しました。娘である真那が意識不明となり、絶望した彼女は精神的に非常に不安定な状態に陥りました。栗沢芙美は強く死を望み、私はその求めに応じて、彼女を心不全に見せ掛けて殺害しました。そのことを知る人間は他にはいません。

一つ告白するとすれば、私は栗沢芙美に特別な感情を抱いていました。

私は彼女に伴侶として支えたいと手を差し伸べました。ところが彼女はそれを拒絶《きょぜつ》し、ひたすら死だけを願い続けました。

愛する人間の苦しむところを見たくなかった――その気持ちが私に愚《おろ》かな決断をさせたのなら、まだ酌量《しゃくりょう》の余地はあったでしょう。

しかし、私は心の中に、栗沢芙美への憎しみがあることを自覚していました。気持ちを踏みにじられた腹いせに殺した――それが真実だったのかもしれません。

理由がどうであれ、私は裁《さば》かれるべき存在です。

以上の三つの理由により、私は自死を決意し、実行した次第です。

なお、この手紙以外にもう一通、別の内容の遺書を用意しております。そちらには、死香のことは一切記載《きさい》しておりません。その点についてはご安心いただければと思います。この手紙はどうぞご処分なさってください。

自己弁護ばかりのくだらない文章を長々と書き連ねてしまいました。恥の上塗りであることは承知しておりますが、どうかご理解のほどよろしくお願いいたします。

最後になりましたが、風間先生の研究がいつか大きな実を結び、犯罪捜査に革命をもたらすことを信じております。

根岸　孝臣

手紙を読み終え、風間は大きく息を吐き出した。

すぐ目の前に遺体がある。その事実が急に胸に迫《せま》り、風間は息苦しさを覚えた。さっきまでは落ち着いていた心拍数が急激に上がっている。

ただの物質に成り果てたはずの肉体が、雄弁《ゆうべん》に自分の考えを主張しているように感じられた。永久の静寂に包まれているからこそ、その声なき声が心を揺さぶっていた。

風間は根岸の手紙をアタッシェケースの中に隠し、サンプル採取用の注射器を取り出した。

ここで集めたサンプルが、死香研究にどれだけ役に立つかは分からない。それでも風間は、強い使命感が湧き上がるのを感じていた。まるで根岸の執念《しゅうねん》が乗り移ったかのようだった。

風間は遺体袋に近づくと、ファスナーをほんの一センチほど開き、そこに注射器の先端部分を差し入れた。

袋の中の空気を吸い集め、プラスチックチューブに入れていく。何度その作業を繰り返しても、遺体袋の中の肉体は微動だにしなかった。

8

午後十一時。警察での長い事情聴取を終え、風間はようやく自宅に戻ってきた。

玄関ドアに鍵を差し込んだところで物音が聞こえ、内側からロックが外された。

「お疲れ様です、風間さん」

潤平が心配そうに出迎えてくれる。

風間の顔を見た瞬間、その表情が変わった。

　風間は中に入ってドアを閉め、「強烈に香っているのだな」と言った。昼間に何が起きたかは、すでに潤平に伝えてある。

「ええ……強さで言えば、今までで一番かもしれません」

「どういう死香なのかね」

「甘酸《あまず》っぱいりんごの香りです」

「着替えても……無駄だろうな。しばらく匂いが残る」

「そうですね。あの、部屋で話しませんか」

「今からでも構わないのかね」

「僕は平気です。それより風間さんは大丈夫ですか。お疲れですよね」

　潤平が微かに眉をひそめ、上目遣いに訊いてくる。

「大したことはない。事実をありのままに、何度か繰り返して話しただけだ」と風間は嘘《うそ》をついた。

　手紙にあった通り、根岸の遺体袋の中にもう一通の遺書があった。それのおかげで、根岸の死はすんなり自殺だと認定された。殺人の疑いを掛けられていたら、この時間に帰宅することは到底不可能だっただろう。

「シャワーを浴びてくる。匂いを落とさないよりはマシだろう。君はリビングで待っていてくれ」

潤平との約束を守るためには、今日中に話し合いの場を設けなければならない。風間は急いで浴室に向かい、念入りに体を洗った。

新品の下着を身につけ、クリーニングから戻ったばかりの白のガウンに袖《そで》を通す。これでいくらかは死香が軽減されたはずだ。

自室を出てリビングに入る。潤平はソファーに掛け、じっと自分の膝《ひざ》を見ていた。硬い表情からは、確かな決意が感じられた。

風間は三〇センチの距離を開けて隣に座った。

「何か飲むかね」

「……いえ、大丈夫です」

「そうか。では、君の意見を聞かせてもらおうか」

「はい」

潤平は口元にぐっと力を込めると、腰を動かして風間と正対した。

「先に結論を言います。死香を治療することについて、僕はやっぱり反対です。理由については、前回の話し合いでお伝えした通りです。風間さんと一緒に死香をもっと深く研究して、犯罪捜査に活かしていきたいです。一週間じっくり考えましたが、その気持ちは変わりませんでした」

やはりそうか、と風間は思った。潤平は一貫《いっかん》して死香を役立てたいと主張している。

行動の核となるそのポリシーが揺らぐことはないのだ。

潤平は深呼吸して、「風間さんの意見はどうですか」と真剣な眼差《まなざ》しを向けてきた。

「私の考えも、先週の話し合いから変わっていなかった。だから、今日の議論は平行線をたどるだろうと予想していた。……だが、思いがけない形で私は再考を迫られることになった。まさか、自分が遺体の第一発見者になるとは予想もしなかった」

風間はソファーの背に体を預け、ふうっと息を吐き出した。

「正直に言えば、私は動揺した。そして、動揺したことに驚《おどろ》いた」

「えっ、そうなんですか⁉」と潤平が驚きの声を上げる。

「自分でも意外だった」と風間は苦笑した。「遺体に気づいた直後はまだ冷静だったが、遺書を読んだことで心情に変化が起きた。『死者の声』を初めて聞いた気がした」

潤平は口元に拳を押し当てて少し考え込み、「……何が起きたか、詳しく聞いても構いませんか」と言った。

風間は頷き、個人名を伏せながら、自分が経験したことを説明した。

根岸が自殺に至った理由を知り、潤平は顔をしかめた。

「死香の研究のために、自分の命をなげうつなんて……」

「結果的には、私の行動が彼に死の決断をさせたことになる。冷酷に聞こえるかもしれないが、それについては後悔はしていない。すべては歯車が偶然《ぐうぜん》嚙み合った結果にすぎないからだ。一つ一つの判断にミスはなかったと認識している。故人の冥福《めいふく》を祈りはするが、責任を感じる必要はないと割り切ることにした」

風間は潤平の瞳《ひとみ》を見つめた。そのつぶらな目は潤《うる》んでいた。根岸の心情を想像してしまったのだろう。

　たまたまではあるが、根岸と真那の一件に潤平を巻き込まずに済んだ。本当によかった、と思う。もし遺体を発見する場面に潤平が立ち会っていたとしたら、強いショックを受けていただろう。自分に何ができたかを必死に考え、深く傷つき、長い間苦しむことになったはずだ。

「今日、私は死香が誰かの役に立つのだということを強く実感した。もちろん、今までにも事件の解決を通じて救われた人間がいたことは分かっている。ただ、それとは違う、未経験の感覚があった。それはおそらく、死者の想いに直接触れたからだろう。思い込みかもしれないが、桜庭くんが死香と向き合う際の心情が分かった気がしたよ。……初めて、君と同じ舞台に立てた気分だ」

「風間さん……」

「君が死香にこだわる気持ちは理解した。だから、前言を撤回《てっかい》する。死香の治療方法は模索《もさく》するが、治療開始は先送りにしようと思う。それでどうだろうか」

「もちろん異論はありません！」と潤平が即座に答える。「ただ、僕の方からも一つ提案があります」

「聞かせてもらおうか」

「この一週間……いえ、その少し前から、自分の将来についていろいろ考えてきました。僕は今まで、人生に関する判断をほとんどしてこなかったな、と気づきました。フリーターになったこととか、事件の捜査協力とか、大学での秘書の仕事とか、こうして風間さんと暮らしていることとか、とにかく流れに身を任せてばかりだったんです」

「それは自分を低く評価しすぎている。君は要所要所で、自分の意見をはっきり口にしてきたではないか」

「自分の考えは持っているつもりです。ただ、それを活かせていなかったんです。理想の姿を思い描かずに、ただその場しのぎの生活に身を委《ゆだ》ねる……改めて振り返ると、そんな生き方に慣れてしまっていたように思います」

反論したい気持ちはあったが、風間は沈黙を選択した。潤平は自分で課題を発見し、それと真剣に向き合ってきた。まずは彼の考えを聞くべきだ。

「風間さんと一緒に事件に関わるようになって、気づいたんです。死香を活用して事件を解決に導くことは、自分にしかできないことなんだと。同時に、強いやりがいも感じました。大げさに聞こえるかもしれませんが、人生を懸ける価値があると信じています。だから、今後はもっと捜査協力に力を入れたいんです」

「具体的にはどうしたい？」

「風間さんと一緒に活動する時間を増やしたいです。そのためには、特殊清掃のアルバイトを辞めて、風間さんの秘書として常に大学で働けたらと思っています。あ、もちろん邪魔《じゃま》じゃなければですけど……」

「邪魔であるはずがない」と風間は言った。「ただ、特殊清掃の現場を離れてしまうと、死香の感知力に影響が出てしまうという懸念はある」

「それはたぶん大丈夫です。最近は特殊清掃より、風間さんが集めた死香を嗅ぐことが増えましたから。それでも、匂いへの感度は落ちていません。むしろ徐々に精度が上がっています」

「そうか。君が決めたのであれば、受け入れたいと思う」と風間は頷いた。「なるべく早く手続きを進めよう」

「ありがとうございます！」

潤平が本当に嬉しそうに笑う。

ああ、これで充分だったのか、と風間は気づいた。潤平のことを思ってあれこれ悩んできたが、この笑顔を見ることを第一に考えればそれでよかったのだ。

「これからは、昼間も同じ時を過ごすことになるな。一日中、ずっと一緒だ」

「そうなっちゃいますね」と潤平が苦笑する。「鬱陶《うっとう》しいと思ったら言ってくださいね。

一人の時間を作れるようにしますから」

「大丈夫だ。君といて嫌な思いをすることはない」

そう断言して、風間は笑みを浮かべた。

紆余曲折《うよきょくせつ》あったが、ようやく本当の意味で潤平と対等なパートナーになれた気がした。これからは今まで以上に正直になり、率直な意見をぶつけ合うことができるはずだ。誰よりも深く潤平と繋がることになる。そのことを風間は何より嬉しく思った。

「……運命の相手、か」

風間はぽつりと呟いた。陳腐《ちんぷ》な表現だが、自分たちの関係を表すのにこれ以上ふさわしい言葉はないような気がした。

「え、何か言いましたか？」

潤平が不思議そうな顔をしている。

風間は「いや、何でもない」と首を振り、ソファーから立ち上がった。知らず知らずのうちに、思考に倫の影響が及んでいたのかもしれない。

結果的にあの女の思い通りに事が進んでしまった気もする。手のひらの上で弄《もてあそ》ばれたようで不快ではあるが、たどり着いたこの結末に不満はない。せめて今だけは倫のことを忘れ、喜びに浸《ひた》りたいと思う。

「さあ、我々の新たな門出《かどで》だ。祝杯《しゅくはい》を挙げるとしようか」

「いいですね」

「何かつまみを用意しようか」

「いいえ、お酒だけで充分です。疲れてますし、たぶんすぐに酔《よ》って眠くなると思うので」

「それは少し心配だな。体調を崩《くず》していないか、寝ている様子を確認に行っても構わないか」

「えー？　それはちょっと……」

「……嫌かね」

「嫌ではないですけど、わざわざ夜中に起きてもらうのは申し訳ないので。どうしても心配だとおっしゃるなら、風間先生の部屋に布団《ふとん》を持ち込んで床で寝ましょうか」

「そんなことをさせられるわけがない」と風間は言った。「いま言ったことは忘れてくれ。ただの気の迷いだ」

「じゃあ、忘れます。体調は大丈夫だと思うので、軽く飲みましょう」

「ああ、明日に影響が残らない程度にしよう」

「もちろんです。死香の感知に影響が出たら大変ですから！」

潤平の屈託のない笑顔に、胸が痛くなるほどの愛《いと》しさが込み上げてくる。

風間は自身の手にした幸福の大きさを強く実感しながら、キッチンへ向かった。

本文イラスト／ミキワカコ

本作品は書き下ろしです。
またこの物語はフィクションです。実在する人物、団体等とは一切関係ありません。

中公文庫

死《し》香《こう》探《たん》偵《てい》

――真心《まごころ》は捧《ささ》げられた死《し》と香《かお》る

2022年2月25日　初版発行

著　者　喜《き》多《た》 喜《よし》久《ひさ》

発行者　松田 陽三

発行所　中央公論新社

〒100-8152　東京都千代田区大手町1-7-1

電話　販売 03-5299-1730　編集 03-5299-1890

URL https://www.chuko.co.jp/

ＤＴＰ　平面惑星

印　刷　大日本印刷

製　本　大日本印刷

Published by CHUOKORON-SHINSHA, INC.
Printed in Japan　ISBN978-4-12-207180-3 C1193

化学探偵
Mr.《ミスター》キュリー
Chemistry detective
Mr.Curie
重版続々
大人気シリーズ
第一弾！
喜多喜久
イラスト／ミキワカコ
もし俺が警察なら、
クロロホルムを
嗅がされたという被害者を
最初に疑うだろう。
STORY
構内に掘られた穴から見つかった化学式の暗号、教授の髪の毛が突然燃える人体発火、ホメオパシーでの画期的な癌治療、更にはクロロホルムを使った暴行など、大学で日々起こる不可思議な事件。この解決に一役かったのは、大学随一の秀才にして、化学オタク（?）沖野春彦准教授——通称Mr.キュリー。彼が解き明かす事件の真相とは……!?
中公文庫

桐島教授の研究報告書

喜多喜久

Professor. Kirishima's Research Report

Yoshihisa Kita

テロメアと吸血鬼の謎

先生は今、ただの

可愛い女の子なんですよ!

犯人は、ちゃんと話を聞いてくれるんですか!?

STORY

拓也が大学で出会った美少女は、日本人女性初のノーベル賞受賞者・桐島教授。彼女は未知のウイルスに感染し、若返り病を発症したという。一方、大学では吸血鬼の噂が広まると同時に拓也の友人が意識不明に。完全免疫を持つと診断された拓也は、まず桐島と吸血鬼の謎を追うことになり!? 〈解説〉佐藤健太郎

イラスト／もか

中公文庫